U0909452

珍珠玛瑙

阿拉提·阿斯木 著

译林出版社

图书在版编目（CIP）数据

珍珠玛瑙／阿拉提·阿斯木著．—南京：译林出版社，2020.5

（文学共同体书系·中国当代多民族经典作家文库／何平主编）

ISBN 978-7-5447-8276-0

I. ①珍… II. ①阿… III. ①中篇小说－小说集－中国－当代②短篇小说－小说集－中国－当代 IV. ① I247.7

中国版本图书馆 CIP 数据核字（2020）第 068892 号

珍珠玛瑙　阿拉提·阿斯木／著

主　　编　何　平
出版统筹　陆志宙
责任编辑　焦亚坤
装帧设计　韦　枫
校　　对　戴小娥　蒋　燕
责任印制　颜　亮

出版发行　译林出版社
地　　址　南京市湖南路 1 号 A 楼
邮　　箱　yilin@yilin.com
网　　址　www.yilin.com
市场热线　025-86633278
排　　版　南京展望文化发展有限公司
印　　刷　苏州市越洋印刷有限公司
开　　本　787 毫米 ×1092 毫米　1/32
印　　张　7.625
插　　页　4
版　　次　2020 年 5 月第 1 版
印　　次　2020 年 5 月第 1 次印刷
书　　号　ISBN 978-7-5447-8276-0
定　　价　42.00 元

走向“文学共同体”的多民族中国当代文学

何　平

“文学共同体书系·中国当代多民族经典作家文库”（第一辑）收入当代蒙古族、藏族、维吾尔族、哈萨克族和彝族阿云嘎、莫·哈斯巴根、艾克拜尔·米吉提、阿拉提·阿斯木、扎西达娃、叶尔克西·胡尔曼别克、吉狄马加、次仁罗布、万玛才旦等小说家和诗人的经典作品，他们的写作差不多代表了这五个民族当下文学的最高成就。事实上，这些小说家和诗人不仅是各自民族当代文学发展进程中最为杰出、最具影响力的代表人物，即使放在整个中国当代文学史亦不可忽视。

通常情况下，蒙古族、藏族、维吾尔族、哈萨克族和彝族的族裔身份，使得这些小说家和诗人往往被归于“少数民族文学”的视野框架内。不过需要注意到，基于当下中国文学生态场域的特质和属性，这些作家更应该在中国当代“多民族文学”之“多”之丰富性的论述框架中进行考察。毋庸讳言，受全球化和民族融合等时代因素的影响，中国当代少数民族文化与汉文化、世界文化的同质化愈发明晰，而多民族的民族性之“多”难免逐渐丧失；但另一方面，中华民族各民族依旧在相当程度上内蕴着独特自足的民族性，包括相对应的民族文化传统。在此前提下，我们需要思考：在今天的中国当代文学语境，蒙古族、藏族、维吾尔族、朝鲜族、彝族等及其他民族文学是否已被充分认知与理解？怎样才能更为深入、准确地辨识文学的民族性？

不管文学史编撰者在编撰过程中如何强调写作的客观性，文学史必然葆有编撰者自身独特的情感态度和价值立场，这当然会关乎多民族文学的论述。诸多中国当代文学史著作时常暴露出这样的局限：相关作家只有以汉语进行写作，或是他们的母语作品被不断翻译成汉语文本，他们才具有进入中国当代文学史框架范畴的可能性。事实上，如蒙古族、藏族、维吾尔族、哈萨克族、朝鲜族、彝族等民族都有着各自的语言文字和久远的文化和文学传统，至今依然表现出语言和文学的双向建构。当然，要求所有中国当代文学史编撰者都能够掌握各民族语言是不切实际的。且像巴赫提亚、哈森、苏永成、哈达奇·刚、金莲兰、龙仁青等拥有丰富双语经验的译者、研究者原本可以加入到中国当代文学史的编撰工作，然而实际情况是他们鲜少被当代中国文学史编撰所吸纳。这也就随之带来了一个问题：使用蒙古语、藏语、维吾尔语、哈萨克语、朝鲜语等各自民族语言进行写作，同时又没有被译介为汉语的文学作品怎样才能进入中国当代文学史的论述当中？

需要指出，中国当代文学的版图中，进行双语写作的作家在数量上并不少，如蒙古族的阿云嘎、藏族的万玛才旦、维吾尔族的阿拉提·阿斯木都有双语写作的实践。双语作家通常存在着两类写作：一类写作的影响可能生发于民族内部，另一类写作由于“汉语”的中介作用从而得到了更为普遍的传播。由此而言，中国当代文学史指向多民族文学的阐发，实质上是对于相应民族作家汉语写作的论述。而文学史编撰与当代文学批评面临着相类似的处境。假如中国当代文学史的叙述难以覆盖到整个国家疆域中除汉语以外使用其他民族母语的少数民族作家及其作品，那么中国当代文学版图是不完整的。

二十世纪八十年代作为“假想的文学黄金时代”，是很多人在言及中国当代文学时的“热点”：为何需要重返八十年代？八十年代给中国当代文学提供了哪些富有启发性的意义要素？但即使是在八十年代这样一个“假想的文学黄金时代”，蒙古族、维吾尔族、哈萨克族、朝鲜族等民族的文学也并没有获得足够的认知与识别。也许这一时期得到关注与部分展开的只有藏族文学，如扎西达娃的小说在八十年代深刻影响到了中国文学对于现实的想象，从扎西达娃八十年代小说创作所展现出的能力，他具有进入世界一流作家行列的可能。而鄂温克族作家乌热尔图在八十年代也给国内文坛带来了一种全新的文学经验，这也影响到当时寻根文学思潮的生发。而作为对照，我们不禁要问：现在又有多少写作者能如八十年代的扎西达娃、乌热尔图去扭转当下文学对于现实的想象和文学的地理版图？而时常被人忽视而理应值得期待的是，国内越来越多的双语写作者从母语写作转向汉语写作，成为语言“他乡”的文学创作者。长期受限于单一汉语写作环境的汉语作家，往往易产生语言的惰性，而语言或者不同民族文化之间的“越境旅行”却有可能促成写作者的体验、审视和反思。

当我们把阿云嘎、莫·哈斯巴根、艾克拜尔·米吉提、阿拉提·阿斯木、扎西达娃、叶尔克西·胡尔曼别克、吉狄马加、次仁罗布、万玛才旦等放在一起，显然可以看到他们怎样以各自民族经验作为起点，怎样将他们的文学“细语”融于当下中国文学的“众声”。党的十九大报告中指出：“深化民族团结进步教育，铸牢中华民族共同体意识，加强各民族交往交流交融，促进各民族像石榴籽一样紧紧抱在一起，共同团结奋斗、共同繁荣发展。”中国作为统一的多民族国家，它的文化景观（这其中当然包含文学景观）的真正魅力，很大程度上植根于它的丰富性和多样性，植根于它和而不同、多样共生的厚重与博大。中国多民族文学是象征中华民族悠久历史的文化标志，是国家值得骄傲的文化宝藏，与此同时，中国多民族文学在继承与发展的进程中逐渐成为中国文学，乃至世界文学的重要组成部分，他们所具有的民族身份在文学层面展现出了对于相应民族传统的认同与归属。因此他们的写作能够更加深入具体地反映该民族的生存状态与生活景象，为当代多民族文学的写作提供了一种重要范式。作为具有独特精神创造、文化表达、审美呈现的多民族文学，为中国当代文学提供鲜活具体的材料和广阔的阐释空间。

改革开放以来，原本相对稳定的民族文化传统和结构正受到西方话语体系及相关意识形态的猛烈冲击。具体到各个民族，迅猛的现代化进程使得各民族的风土人情、生活模式、文化理念发生改变，社会流动性骤然变强，传统的民族特色及其赖以生存的根基正在悄然流失，原本牢固的民族乡情纽带出现松动。相对应的，则是多个民族的语言濒危、民族民俗仪式失传或畸变、民族精神价值扭曲等。而现代化在满足和改善个体物质需求的同时，亦存在一些负面因素，如拜金主义、个人主义、享乐主义等等。上述种种道德失范现象导致各民族中的部分优秀文化传统正面临巨大的挑战，这也是各民族共同存在的文化焦虑。“文学共同体书系”追求民族性价值的深度。这些多民族作家打破了外在形貌层面的民族特征，进一步勘探自我民族的精神意绪、性格心理、情感态度、思维结构。深层次的民族心理也体现了该民族成员在共同价值观引导下的特有属性。从这个意义而言，多民族文学希望可以探求具有深度的民族性价值，深入了解民族复杂的心理活动，把握揭示民族独特的心理定势。我们常能听到一句流传甚广的话：“越是民族的，越是世界的。”但假如民族性被偏执狭隘的地方主义取代，那么，越是民族的，则将离世界越远，而走向“文学共同体”则是走向对话、丰富和辽阔的世界文学格局的多民族中国当代文学。

目录

珍珠玛瑙

在这个热闹的夏天，三十岁的老姑娘莎尼雅，最终嫁给了五十五岁的马赫穆提。婚宴在卡斯木满杯的景点举行，是摇篮苹果园。当年，卡斯木满杯的朋友问他，说，你这个名字是什么意思？不怪吗？卡斯木满杯说，我这个苹果园是进去出不来的地方，不是摇篮是什么？朋友说，你以为所有的人都是和你一样的酒辣辣[①]吗？卡斯木满杯说，不喜欢热闹的人，上我这里跑骚吗？

卡斯木满杯的这个景点最早是村里的苹果园。品种是苏联人的二秋子，果子青白，味甘甜，照上阳光的部分粉红，像是涂在上面的色彩，远看像梵高的油画，极美。秋天的时候，家家户户都储存这种苹果，用来在冬季调理脾胃。

三十年前，卡斯木满杯的父亲穆萨江承包了这个果园。前十年主要是卖苹果，后来旅游业兴起来了，穆萨江就把果园交给儿子经营了。卡斯木满杯抓住机会，请了几个名厨师，开始搞餐饮了。主要的原因是苹果没有市场了，水果的种类多了。像以前新疆市场看不到的香蕉，橘子，菠萝，金橘，黄元帅、红元帅苹果，把传统的二秋子苹果挤出了市场。

---

① 酒辣辣，民间俗语，意思是爱喝酒的人，酒鬼。脚注为作者加，下同。

在卡斯木满杯的系列食谱里，最出名的是馕坑贴肉和把子面。馕坑贴肉是他的一个发明，以前没有这种做法，有烤全羊。馕坑贴肉最大的诱惑是煳香，贴在坑面的肉，出坑后微煳，一杯酒后你咬一口这肉，那味道是荡秋千的感觉。这二十多年以来，城里已经看不到把子面了，这种吃法是当年大锅饭时代和困难时期的亮丽存在，形式和牛肉拉面是一样的。但是现在这种面已经没有市场了。现在的面做得精了，面团抹上油沉醒，一个多小时后搓拉拉搓，细硬筋道的面下锅，捞出来拌上菜，再来点鲜红的辣椒酱点缀，那味道又是黎明前的滋味：神志里是似梦非梦的甜酸游。卡斯木满杯众多的回头客，就是冲着他的这两道菜来的。

“摇篮苹果园”五个大铜字是旅游局的艾克拉姆帮他定制的，白杨树下的景点大门，大而讲究，是当下一流的铁艺，立在那里，像一件艺术品，愉悦客人的视觉。艾克拉姆说，满杯，我告诉你，你的那个肉好这个肉好，虽然很重要，更重要的是门面，大门是脸面，脸好了，客人才来。卡斯木满杯说，噢，是这样，我认为肉好才行。艾克拉姆说，满杯，你能天天把你的肉挂在门栏上吗？现在的人不吃南瓜，享受南瓜棚的荫凉。

参加婚礼的客人们开始出现在景点大门下了。有的愉快地大步朝景点里走，脸上的笑容和路边果树上的苹果一样灿烂，有的留在大门下，神秘地转动眼珠说悄悄话。她们的眼睛对视在一起，摇头，诅咒这对老新人三十岁和五十五岁之间的那个不要脸的二十五岁。微风吹来了苹果的香味和景点河边菖蒲的苦香味，飘洒在那些阴沉的脸上，宽慰她们愤怒的眼睛。

一百多亩的景点，风景地势最好的地方是河岸北面的高坡，能接待三百多人的露天宴会厅，就在这个能放眼欣赏河景的地方。南面是河水，其他地方都是五十多年前的苹果树，虽然二秋子苹果已经没了当年的名望，但高大茂密的枝叶，坚强自信地诉说着当年的威风和风光。河岸是五排百年多的白杨树，像世纪前骄傲的贵族，傲立在爱河的上空，欣赏飞鱼的舞姿。那些巨大的青黄鱼跃出水面，享受人间的空气，感受光的抚摸，呼吸百草的问候。

漂亮的衣服们开始入座了。都是自由组合。肉和肉，汤和汤，骨头和骨头们都分别黏合在一起了。有的宾客是带着眼睛来的，他们一组；有的自己没有来，心来了，他们又是一组；有的戴着眼镜来了，有的没有带鼻子，在看不见的肠胃里，他们诅咒今天的味道。坐在角落里的那些客人，眼睛鼻子心脏肝脏肠胃眼皮子额头笑脸都带来了。坐在显要地方的客人们，在伦理和现实，哲学和生活等宏大命题的折磨里磨炼智慧的时候，穿便宜衣服的人们，他们在最靠边的桌子上，愉快地用点心。一位中年妇女说，嫁给老汉怎么了？这是莎尼雅额头上的命，生活就是依靠，马赫穆提的朋友我都知道，都是靠卖嘴皮子吃饭的人，说什么娶比自己年龄小的女人，男人死得快。男人不死，女人不死，有什么意思？这人间的房子够用吗？过日子嘛，有感觉就行，咬人家的年龄有什么意思？人间的游戏就是生和死，过程是我们的野心，终点是我们的命。

宴会厅的主桌是一个很大的长形桌，面对面可以坐五十多人。吃的东西很多，看的东西只有一样：玫瑰花。维吾尔人，世世代代，都坚定地、固执地喜欢玫瑰花，歌唱玫瑰花，这种花儿是一种万能的象征，象征爱情、友谊、愿望，是一种温馨暖眼的花儿，是花儿之王。远看，桌上的点心像鲜花，鲜花又像点心，特别打制的喜馕，在馕面红花的衬托下，像一个个艺术品，喜悦人心。石榴花图案的刺绣餐布，衬托质朴的二秋子苹果，在香蕉和橘子中间，散发着自信的光亮。主桌中央是一张巨大的木卡姆油画的复制品，装镶在幕墙上，衬托整个宴会厅的美丽。那些深沉、似醉、忘我地演唱的民间歌手和乐人，在灵魂里衔接祖辈几千年的绝唱，那神态神情和姿势，像天外来人，向人间馈赠人类最早的曙光。主桌周围的桌子上，已经坐满了许多高级的西服和项链，伪高贵的少妇们，严肃地坐在那里，偶尔眼角里扫视一下邻桌的一件昂贵的花裙，用自己脖子上的祖传玛瑙压对方的傲气。早早地在角落里占好了座位的老实客人们，像过节的儿童似的注视主桌的方向，寻觅新郎和新娘。

客人基本上到齐了。绝大多数人都是碍于面子，逼着脚板走过来的。奸诈一点的，恶语在肚子里藏得很深。也有些馍馍一样好捏的人，眼睛里藏不住事儿，脸上布满了对今天婚宴的嫉妒和仇视。更多的人，脸上都是灿烂的菊花，但是在内心里，谁也看不见谁的虫子。

婚宴开始了。主持人开始糟蹋那些生动的动词和优美的形容词。绝美的贺词，在百草的香味里，在客人们的头顶上，幽灵似的游荡。坐在角落里的一穷客说，雇用的主持人，是钱的叛徒，三十岁的莎尼雅也好，五十五岁的马赫穆提也好，走到最后都是坟墓的朋友，生活有那么美好吗？不就是混个肚子吗？另一个胖穷人说，有钱的人，主要是嘴喜欢痒痒，脑子里来什么嘴里就吧嗒什么。

男客和女客加在一起，也就二百多人。四百多只眼睛的光芒不在佳肴和美酒上，它们的方向是主桌上的俩新人。好像没人欣赏音乐，被怠慢的旋律们飘到河面去了，这时候鱼是它们的知音。那些穷嘴富嘴虽然都显得自然得体，但心里都有自己的大道理和小哲学：两个人相差二十五岁，谁能保证以后莎尼雅不在外面打野食呢？也有一些贫嘴脏嘴说，就是十八岁的小姑娘和八十八岁的老爷子结婚碍我们什么事？人家上床我们哼哼吗？人家结婚我们大吃，死了我们葬饭小吃，都是天下不长眼睛的道理呀！

四百多只眼睛里面，什么样的眼珠都有。有些眼珠，是莎尼雅从前眼珠里的私密朋友，有的是你好我好的熟人，有的是脸面朋友，有的是背后诋毁她的两面人。而马赫穆提的朋友们，基本上都是为他高兴的真哥们儿，他们一致的心言是，你这个年龄了，没有女人照顾，怎么过日子？也有的朋友开他的玩笑，说，这个年龄里死老婆的男人最幸福，他可以娶鸡蛋一样纯洁的少女少妇呀！另一朋友插话说，搞清楚，是老女人。那朋友反驳说，女人都一样，再青春，第二天都老了。

莎尼雅和马赫穆提坐在主桌中央，显得精神、自信。特别是莎尼雅的打扮，帮她回到了十年前的青春风貌。可爱的化妆品，把她的眼睛演绎得更加可爱了。苹果一样漂亮的脸蛋，闪耀着亲切的暖光。脖子上的项链，一闪一闪地，配合她的笑脸，衬托她此刻的容颜。马赫穆提最出彩的地方是他的鬈发，和他深幽的眼睛配在一起，衬托他内心的坚强和固执。

主桌靠河边的第四桌是女客，都是脖子耳朵手腕手指闪亮发光的有钱人的胖胖们，是暗中攀比炫耀首饰的自封的贵族们。坐在上席位的胖女人咳了一声，抢过身边玛瑙女人的话头，说，老人们早就说过，好女人十六七岁都叫人抢娶了，三十岁了都没人要，没有了少女固有的馨香。马赫穆提命不好，娶了这么个没有盐味的空女人。她身边的玛瑙女人把话接过去了，说，这就是马赫穆提的伟大了，人家在他的眼里可是馨香万里的仙女了。胖女人紧缩眉头，说，男人嘛，有几个有眼睛的？人家扔掉的瓜皮，捡来当珍珠。另一大嘴女人说，老人们常说，你看得上的东西，国王也能看得上。自己喜欢上了，天山的冰大板也挡不住。胖女人歪着嘴，说，男人这些东西，有眼没有心。坐不下来，整天跑骚，还能找到珍珠一样闪亮的女人吗？大嘴女人说，这是命，命是没有眼睛的。胖女人说，没有眼睛的人，都是鼻子放屁的东西。另一个文静女人说，婚礼是一码事儿，日子又是一码事儿，他们两人中间的那个年龄，可能是今后的麻烦。又一个细声细气的女人插话了，慢腾腾地说，五十五岁的男人，娶个五十来岁有良心的婆子，也就天天过年了。三十岁的女人，一个春天就把他的骨髓吸干了。又一小嘴女人插话了，说，男人这个东西，洪水来了的时候，也就像个男人，其他的时间里，也就是糖葫芦的奴隶，心长不大。坐在玛瑙女人身边的一严肃女人说，允许我说一句吗？胖女人阴阳怪声地说，你是嘴不在自己的头上吗？严肃女人说，现在不是头的问题，是心的问题，人吃饱了以后，嘴巴就是闲话的仓库了，这才是最大的头不在自己的头上。

马赫穆提只喝茶，不吃东西。眼睛不停地扫视身边和角落里的客人，寻找他精神田野里的亲人或朋友。他的眼睛找不到他盼望的亲人朋友的时候，仍装出笑脸，感谢那些和他对视的眼睛的到来。总管亚夏儿过来和他说话的时候，他小声地问了一句：我的那些鬼来了吗？亚夏儿说，老三和老五来了，每人随了一千元，走了。马赫穆提点了点头，没有说话。

马赫穆提的老三叫海米提，老五叫阿里木，他们离开宴会厅的时候，亚夏儿叫住了他们，说，你们要走吗？阿里木看哥哥，意思是你说话。海米提说，我们还是走吧，您老哥在，我们也帮不上什么。亚夏儿说，不是这么回事儿，你们在这，爸爸就会高兴。海米提说，爸爸不这样想。亚夏儿说，你们还是娃娃呀，该从你们的笼子里出来了，爸爸才是你们的田野。亚夏儿走了。阿里木跟在哥哥后面，看路边清亮悦人的玫瑰。那些鲜艳的花瓣，好像给陪伴自己的绿叶们诉说着黑土里的故事，蝴蝶们和瞌睡虫一样嗡嗡叫的甜蜜蜂们一起飞过来了，祝福花瓣们恩赐人间的芳香。阿里木没有听见花瓣和蝴蝶们的对话，他扭过头看哥哥的时候，海米提已经在大门前等他了。阿里木说，哥，我们是不是有点过了？海米提说，我们也算是参加了呀！今天人这么杂，我们不好和人家说话呀！阿里木说，要是妈妈还活着，就没有这么多麻烦事儿。

老大艾塞提激烈地反对爸爸娶莎尼雅。说出来的理由不能服人，能服人的蛔虫虫又不敢说，憋在心里，自己和自己打架。他找到买买江，到下游的景点喝酒去了。买买江是他的肝脏朋友，买来了羊头肉、牛肚子、牛蹄子，这些东西，都是艾塞提喜欢的酒菜。一瓶子酒咣当完了以后，艾塞提说，怎么说呢？我心疼啊，脸没有了，那女人可是乱草堆里的蝴蝶啊！现在要给我们当后娘了。买买江说，嗨，你就是弯弯子多，常言说，你爹娶了谁，你娘就是谁。你忍心你爸爸的下半辈子孤独一人吗？艾塞提说，道理是好道理，但要找个般配的呀！买买江说，你是做梦娶媳妇呀，什么叫般配？你的老婆般配吗？我的般配吗？这种事历来就这么浑浊，般配的女人，公家的机器也造不出来。你就是喜欢月亮里面找乌鸦，再漂亮的人也是有屁股的，从前是从前，今后服侍好你爹不就行了嘛！你说得再好，你能负责你爹的生活吗？艾塞提说，没这么简单，后面的事情还多着呢呀，我的肝脏朋友！

老二艾力也请朋友迈尔丹喝酒解愁。他说，我不管那个女人怎么样，最致命的问题是，爸爸死了，那女人还活着，这才是要命的事情。家产是爸爸妈妈的心血呀！迈尔丹把送到嘴里的肉退回来了，瞟了他一眼，说，你脑子里的蝎子太多了，万一你的后娘死在你爹前面呢？生死是真主的旨意，那时候你怎么说？你我只是今天的馕的奴隶，明天太阳看不见了，我们的金疙瘩银疙瘩不就是擦屁股的土疙瘩了吗？秋天没有到，你就数鸡娃子，这是生活的态度吗？今天这一顿酒，是咱们的，明天是什么，谁都不知道。生命是爹娘给的，你和你爹斗什么呀！艾力说，话好说，那个女人取代我娘的位置，我舒服吗？迈尔丹说，你这样说，谁家没有一个麻烦事儿呢？你不要看透嘛！比如我哥，猝死，酒店和大车小车都撂给嫂子了，那娘们儿几个月后就找了一个嫩鬼，招进哥的豪宅了，她舒服了，我们舒服吗？

老四外力整天没有出门，躺在炕上听电视。老婆阿曼古丽从厨房出来，看到男人像个被抛弃的老狼狗似的蜷缩在墙角里，把电视关了。外力阴声阴气地说，我还没有死呢！阿曼古丽停下，说，你不是在睡觉吗？外力说，我的眼睛睡了，我的耳朵听着呢！阿曼古丽说，我看你那耳朵也是个蔫葫芦，该听的东西不听。你爸的婚礼它不听，也是个叛徒耳朵。外力爬起来了，说，你是我用钱买来的，你不要狂，你就是给我按脚捶背的命。阿曼古丽说，哦，现在这样了吗？以前你不是说我是你的夜莺吗？外力说，傻婆子，以前是什么？以前是龙卷风，现在已经找不到了。阿曼古丽说，不，我的呼噜男人，从前还是夜莺，龙卷风在你的心里，所以你现在没有方向。爸爸的婚礼你不去庆贺，又不让我去，你不怕邻居朋友长老野猫骚狗骂你咒你吗？外力说，虱子什么时候咒死过雄鹰呢？阿曼古丽说，哎哎，今天不是世界的末日吧，你是雄鹰吗？你连雄鹰的影子都不是。外力说，现在呀，这个现在到底是什么呀！连贴肉的老婆都是叛徒。阿曼古丽说，叛徒在你的肚子里。外力说，叛徒的姥姥！化妆品越贵，女人的心越坏！阿曼古丽说，没有那么残酷，女人的心不就是男人的奴隶吗？你的花花肠子我不知道吗？你不就是怕你娘留下的那串千年玛瑙，让那女人独吞了吗？外力说，你倒大方了，那串玛瑙是可以换好几辆名车的宝贝，这不是宰我们吗？嗨，一个家，真正的长明灯还是妈妈呀！妈妈一走，爸爸就和我们隔开了，我现在才知道，爸爸都是摸摸头哄娃娃，妈妈才是温暖灵魂的神明啊！我现在想，今后怎么称呼那女人呀！家里的好东西都留给那个女人了。阿曼古丽说，你这么聪明的人，还找不到一个词儿吗？要不要我赠送你一个？外力说，我爷爷说过，最好的老婆都是舌头下面的敌人，你就大胆地糟践我吧！阿曼古丽说，是最好的二老婆吧！外力说，不要急嘛，那样的日子你是能享受到的。到时候你整天在家里做饭洗碗，我和你赐我的二奶奶逛街臭美，你的愿望不就实现了吗？阿曼古丽说，你先和你的膝盖商量商量吧，我嘴巴上允许你疯癫了，但是见了女人，你的骚腿站不起来，倒霉的不是你的脸吗？至于怎么称呼你新娘的事，还是叫妈妈吧，要藏着一点，嘴甜一点不吃亏，草原上嘴甜的牛犊也到处都有妈妈呀！外力说，这办法好，等你妈死了，你爹娶小妖精的时候，你就这么叫吧！阿曼古丽说，你不是嘴坏，你心比煤炭还黑！不和你说了。

马赫穆提完婚一礼拜后，他的老大艾塞提把老三海米提、老五阿里木叫到家里吃饭。艾塞提的肥老婆米娜娃儿做的是面肺子，还有羊头肉和羊蹄子。这是她的拿手菜，主要是自己喜欢。艾塞提多次劝告过她，说，羊杂碎这东西玩多了，是高血脂高血压的小妹妹，你现在是新疆第一肥了，坐下了站不起来，头起来了屁股起不来。绝不能再吃这种东西了，女人好吃可不是好事。米娜娃儿说，这有什么呢？你可以找一个苍蝇一样嗡嗡叫的歪屁股呀！艾塞提说，我现在没有心思，你好人做到底，帮帮忙吧！米娜娃儿说，男人的心啊，比毒药还坏！艾塞提说，毒药有的时候是可以治病的！米娜娃儿说，是这样，在不要脸的嘴里是这样。

艾塞提的客厅像宫殿一样漂亮。维吾尔人传统的工艺精髓，都被集中在了这个六十平米的客厅了，所有的材料都是一流的阿勒泰高级红松，那些线条优美的花纹，立体感极强的一朵朵玫瑰，秀丽的枝叶，恰切地修饰着窗框、窗台、顶棚和门栏，给人一种远古的幽香。米娜娃儿满脸热汗，端来了两大盘面肺子，香气飘上来，开始引诱客人们的食欲。古色的铜盘，是几百年前俄罗斯人的东西，也是米娜娃儿娘家祖传的宝贝，她嫁给艾塞提的时候，她娘哈斯也提把两个铜盘交到她手里，说，这是我们家的传家宝，这个福气就传到你手里了。好好过日子，不要和男人顶嘴，男人是女人的规矩，男人说气话的时候，你咬住脖子上的护身符不吭气，男人的烧劲儿就过去了。

米娜娃儿用大白瓷盘端来了羊头肉和羊蹄子，接着把吃碟摆在客人们面前，把辣椒酱和醋瓶子，放在餐桌中央，邀请大家吃饭。老三海米提蘸着辣酱，尝了一块面肺子，咬了几牙，香辣辣地咽下去后，说，嫂子这个手艺，新疆第一啊，真正的美食。艾塞提说，你们嫂子也不是顿顿这样，来客人了，才亮手艺。老五阿里木说，这面肺子可是喝酒的好东西！艾塞提说，那就弄两瓶？米娜娃儿说，都什么年代了，你们还在家里喝吗？河边开满了花儿，你们到那里去喝吧！艾塞提说，我就说说，今天不能喝酒。

饭后，开始喝茶的时候，艾塞提说，今天，我没有叫艾力和外力，他们和我一样，对爸爸的婚事意见大。你们俩呢，还能和爸爸说上话，我的意思是，妈妈以前用过的那些东西，能不能要回来，咱们五个孩子留个纪念。给爸爸讲清楚，我们不是和他要东西，我们只是通过这些东西，留住妈妈的恩情。别墅的事，往后放。米娜娃儿听到这里，站起来出去了。老三海米提说，早下手好，不然，那女人会把那些东西调包的。爸爸一高兴，把妈妈的细软都给了那女人，精神上，咱们就没戏唱了。艾塞提说，你们去看一下爸爸，把这个意思告诉他，就说我们是暂时存留悼念，没有别的意思，我们几个打借条也可以。老五阿里木说，哥，你是老大，还是你出面好，以往有什么好事，不都是老大先享受吗？艾塞提说，我不怕见爸爸，你们知道，我是电线杆性格，不会拐弯，他现在在喜头上，说僵了，我就没有退路了。老三海米提说，还是我们去吧，哥的情况咱们都知道。老五阿里木说，哦，原来是这样，我说怎么今天嫂子的面肺子这么香！老三海米提笑了，艾塞提瞪了一眼弟弟。

马赫穆提要续女人的消息传出去以后，第一个神经紊乱的人是艾塞提。艾塞提认为最大的炸弹是别墅，妈妈玛丽娅病危的时候，他婉转地建议过，和爸爸商量，立一个准确的遗嘱，五个儿子都能继承遗产，不是人不要紧钱要紧，而是精神上有个物质的安慰。玛丽娅瞪了一眼老大艾塞提，说，你这样说，我很伤心，你们不缺任何东西，忘记这件事吧，我是好不了了，但是你们的脑子不能生病。永远记住，爸爸才是顶梁柱。隐藏在艾塞提盲肠里面的毒瘤是：妈妈走后，爸爸这个年龄，不续女人是不可能的。有了女人，就等于是别墅里面招毒蛇了。妈妈的家业，留给一个陌生的女人，我们不窝囊吗？

别墅是二十世纪九十年代建的，占地两亩。一九八九年，马赫穆提把邻居的一亩果园买下来了。不算冬厨房和夏厨房的面积，卧室，客厅，书房，留宿客人的客房加在一起，四百六十平米。别墅是马赫穆提自己设计的，欧式风格加新疆民族装饰工艺，手工木雕，立体感强，一朵朵玫瑰透着一种温馨的人气。别墅在院子中央，前面是高高的葡萄架，花园在院墙两边，是两米宽的长条地，种的是已故的玛丽娅最喜欢的玫瑰和海娜花，海娜花高五六十公分，枝干紫绿，枝叶咖啡色，小花瓣肉红，花蕊粉红，像是画家画在大地里的艺术品。蹲下来欣赏，花香里弥漫着童年的纯真和甜蜜。整个夏季，姑娘们都用海娜花包手指，把花瓣和枝叶剁碎，调适中的白矾，睡前包好双手，早晨解开，十指呈咖啡色，吸收差的地方，暗红，像二秋子苹果被太阳晒红的脸蛋，极美。隔两天再包一次，三次下来，可以保持一个来月。姑娘们彩色的双手，代表她们渴望美的灵魂，装饰她们的倩丽。靠墙边的是爹娘花，类似藏红花的花瓣，罂粟般的鲜艳，清香，诱惑人眼。

别墅正中央后面是果园，也是马赫穆提精心设计的小乐园。这一亩地当年在玛丽娅的坚持下，马赫穆提才放下大男子气，给留了两块种辣椒和西红柿的地。玛丽娅不太欣赏男人的设计，中央的那个凉亭，主要用于马赫穆提和朋友聚拢在一起喝酒，她就不高兴。玛丽娅说，酒是不好的东西，不应该在家里飘扬臭气。按照她的意思，还应该有一块种冬菜的地，像洋芋和黄萝卜，这是冬天的主菜。马赫穆提说，菜嘛，街上到处都是，毛驴车都送到门上来了，你也叫人家挣两个钱嘛！整个小果园里有十多种果树，苹果树、梨树、桃树、木瓜树、樱桃树、杏树、石榴树、无花果树、海棠树、枣树、核桃树、巴旦木等。春天一到，各种颜色的花儿，向果园敬献温馨醉人的芳香，唤醒人的春心和大地的眼睛。亚夏儿是他的心腹，比较了解他的渊源和隐私，春风的味道刚刚有了几鼻清香的时候，亚夏儿就撺掇他，马赫穆提，春风，春风来了，你没有闻到吗？乌拉因的羊羔肉在十字路口上早就香起来啦！你没有闻到吗？鼻子不行了还是心踏细浪[①]啦？难道你的凉亭一冬天没有想念我们吗？

于是马赫穆提备酒，亚夏儿提着醇香的羊羔肉来，那些招呼到的哥们儿，都带着自己喜欢的东西，聚集凉亭，在万万朵花香的祝福里，享受春天恩赐的甜风和挠痒他们的烈酒。第一只空瓶被丑陋地抛弃在桌下的时候，独塔尔琴就会唱起来，和心爱的候鸟一起诵唱往昔留下的绚烂和伤痛。爱情是唱不完的千年主题，喝到心肺像烤肉一样炙热的时候，最精彩、最优美、最伤感的情歌，就会从深

---

① 心踏细浪，维吾尔语，意思是心坏了。

藏在幕后灵魂里的记忆箱里逃出来，栖落在千万花瓣的心胸，享受时间恩赐的机会和音乐亘古的安慰。当人的梦和花的梦，土地的梦和果树的梦，候鸟的梦和音乐的梦，都缠绕在一起祝福时间里的人和时间以外的人的时候，马赫穆提的果园就会变成当下神奇的神话，像童话的妹妹，缓慢地升向绚烂的春空，向温暖的大地播撒恩爱的神曲。

老大艾塞提就是在这样的环境里长大的，他不忍心这个乐园落到那个女人手里。他有他的打算，定个市场价，四个兄弟应得的钱他出，自己继承存留着爹娘恩爱的这个小别墅。只是四个兄弟，都不知道他的这个心算。他的老婆也不知道这个心计。他的哲学是那种倒下了的图书馆：女人可以给她钱和笑脸，万万不能给心，她们不能收受计谋。

老三海米提和老五阿里木根据大哥的安排，来找爸爸了。熟悉的大门，今天在他们的心里却是那样的陌生。他们明白哥哥的玩法，先张口要地毯玛瑙之类的东西，而后就可以闹别墅。玛丽娅走后，马赫穆提一手收住了那串玛瑙，压在了他的密码箱里。但是，他们不知道哥哥藏在心里的小鬼鬼。别墅里的地毯一共是十七条，九条是伊朗产的高级地毯，八条是和田产的一流地毯，都是他们母亲玛丽娅最喜欢的东西。玛丽娅酷爱地毯，那年外贸局要处理一批伊朗地毯，她就拿出自存多年的秘密钱，分两次买下了这些地毯。那时候她是国营食堂的名厨，辛苦一周，和食堂主任盘点盈亏，黑灯下也能有一些隐形收入。

海米提和阿里木没敲门就推门入院了。莎尼雅从窗口看到他们，把躺在卧室里看电视的马赫穆提叫出来了，说，孩子们来了，你去迎一下。马赫穆提从窗口看了一眼葡萄架下的两个儿子，来到门前换鞋，笑着走出，热情地和儿子们握手。马赫穆提没有招呼儿子们坐下，自己坐在小花园前的沙发上，说，打个电话来多好，妈妈会给你们做好饭的，她抓饭做得很好。海米提的脸色变了，没有说话。阿里木说，爸爸，咱们进屋说吧。马赫穆提笑了，说，你们还想进屋吗？要盘点屋里的东西呢还是丈量那些不要脸的地毯？海米提说，爸，我们是你的儿子，你这是怎么了？马赫穆提哈哈大笑，说，是这样吗？我是你们的爸爸吗？看爸爸的儿子，门也不敲，就这样往里闯吗？你们没有认错门吧，这里不是车马店呀！也不是赌博的地方，这里是我的家。难道不是这样吗？要不要我给你们跪下？该你们和我斗心眼了吗？你们是从我的吐沫里诞生的，我知道你们的把戏，你们今天是要妈妈的地毯玛瑙，明天就要爸爸的别墅小命了。也是，我太不要脸了，你们妈妈都死了，我还活着干什么呢？但是，水总是干净的，回去告诉你们的老大，我连地毯的影子也不会给你们，别墅更不用说了。怪了，我养你们长大成人，我还欠你们的了吗？海米提说，爸，你误会了，我们不是这个意思，我们是对母亲用过的东西有感情啊！马赫穆提说，记住，狗也有感情。你们回吧。要等，慢慢地等我死亡，那时候就没有人挡你们了。

海米提看着阿里木说，那我们走吧。阿里木转身跟在了哥哥后面。马赫穆提站起来，说，知道回家的路吗？要是你们永远长不大该多好啊！海米提说，爸，你不会不要我们了吧！马赫穆提说，我非常喜欢你们的童年。你们回去把你们的童年找出来，替我问候问候。

客厅里，莎尼雅小开窗户，躲在墙角，一直在窥听马赫穆提和儿子们的谈话。马赫穆提回屋的时候，她笑着迎过来，像熟透的甜瓜似的看着男人，说，孩子们怎么没有进屋呢？马赫穆提说，他们急，和我商量个事儿，说备好了一只上好的麦盖提羊，要请你吃饭，要我定时间，在海米提的家。我说，羊你先喂着，秋天再说，咱们吃烤全羊。莎尼雅说，多好的孩子们。但是，那麦盖提羊多贵呀！马赫穆提说，不是那种玩钱的刀郎羊，是吃肉的本地羊。莎尼雅说，这样好。爸爸好，儿子也好。马赫穆提说，嗨，这年头，什么叫好啊，我看孩子都是这样，长大了，肠子长了，眼睛里面的事儿就多了。莎尼雅心里说了一句：硬汉，苦水都存肚子里了。嘴上说，晚饭想吃什么？马赫穆提说，咱们出去吃吧，你不是说要到玛丽娅的坟头上去看一下吗？莎尼雅说，好，我去穿衣服。

马赫穆提把小地毯装在车里，把车开出来，锁上大门，上路了。莎尼雅不愿坐副驾驶位，坐在后座，透过玻璃欣赏街景。路边高大的白杨树那边，是匆忙的行人。一对双胞胎美女，在笔直的白杨树下优美地行走，像画家哈孜·艾买提笔下的美女，暖眼的深蓝色艾德莱斯裙，在亲切的人群里，和她们迷人的长辫子一起舞蹈，把千年的蚕丝，衔接到今天的视觉里，让醒着的和已经没有了欲望的眼睛们，欣赏活着的乐趣。骑自行车的人，小心地在行人中间穿行，像舞台上的杂技艺人，弯腰拐弯的姿势，也是一小风景。路上是满满的小车，相互诅咒的喇叭声，在车内车外，固执地控诉拥挤的老路，控诉拥挤的心。

马赫穆提的奥迪车跑了五十公里后，停在了恰木古鲁克村北面的森林墓地上。二百多年前，这里是未开垦的土地，村里的穆萨江长老去世后，穆斯林们开辟了一个新墓地，把他葬在了这片沃土里，以示对他的爱戴。穆萨江长老的好名声是一碗水共济乡亲。那天，村民们用图鲁姆[①]背水，在他的坟头种下了第一棵梧桐树。而后的二百多年里，人人在自己家的墓地里种纪念树，有白杨树、榆树、柳树，也有果树，最后村民们把渠水引到了墓地，在墓地最北的那片近千亩的荒地上，种树造林，开造了一片绿

① 图鲁姆，维吾尔语，意思是皮囊。

洲，都是亲切的白杨树。玛丽娅家族的墓地种的也是白杨树。阴凉的墓地，已经照不到太阳了，东面吹进来的风，什么时候都是这样清凉爽心。

马赫穆提把小地毯铺在玛丽娅的坟头前，请妻子坐好，自己脱了鞋，坐在了妻子身边。他虔视墓碑，静坐几秒钟后，虔诚地闭眼，开始念经。悠扬的经声，在静谧的林子里回响，向另一个世界的亡灵，寄托他的哀思。莎尼雅见过玛丽娅的相片，她闭眼哀悼，在脑海里想象玛丽娅的形象。马赫穆提静坐在亡妻的墓碑前，深情地凝望亡妻的名字，回忆与她诀别的情景。

那天，医生做了最后的诊断，要他们把病人带回家，不要忌口，随病人的要求看护。玛丽娅躺在病床上，眼睛死水般凝固，脸上往昔的光芒不复存在，灰白的稀发，预示着已经爬到喉咙的死神，即将带她的灵魂远行。玛丽娅像是被套进龙卷风里的牧马人，僵硬地躺在床上，最后的牙齿，咬嚼血红的死亡遗言：我、一生、没有、对不起、你的地方。这是、这是我的、骄傲。今后、你，一个人，难、找一个、有、有、有信仰的、女人，过日子。马赫穆提抓住妻子冰冷的手，脸贴在妻子冰冷的脸上，颤抖，痛哭。

莎尼雅看到男人满脸的泪水，从小包里掏出洁白的绣花手绢儿，放在了男人的手里。马赫穆提抬头看妻子的时候，传来了候鸟优美的呼叫声。马赫穆提用眼神感谢妻子的暖心，准备擦泪的时候，看见了绣在手绢儿中央鲜艳的小玫瑰，像亡妻新婚之夜的红脸蛋，闪耀着她灵魂的春光。他擦泪的时候，醇香的香水味飘进了他的心肺，莎尼雅用的香水和亡妻的竟是一个品牌，亡妻的味道开始在他的灵魂里舞蹈。他说，活着，最大的不幸可能是过早地发现了死亡。莎尼雅说，肉体属于时间，灵魂属于我们，生活在前，死亡在后。马赫穆提说，玛丽娅是珍珠一样透明的女人。

玛丽娅最早是国营食堂的学徒，爸爸安尼瓦尔退休后，顶替爸爸的名额，在饮服公司参加了工作。那时候她十五岁。安尼瓦尔在公司做警卫，是夜警，很辛苦，没有发生过任何事故。伊萨克经理通知他退休的时候，问他有什么困难和要求，安尼瓦尔希望公司能安排女儿玛丽娅在一食堂工作。伊萨克经理了解过玛丽娅的情况后，决定帮他一把，就找门路把玛丽娅的年龄改成了十八岁，然后给她安排了工作。玛丽娅做得很出色，头一年择菜洗碗扫地，食堂经理阿吾提欣赏她的勤奋，第二年就安排她跟厨师切菜了，切碎肉面的菜她很认真，过油肉面的菜，也切出了她的小发明，瘦肉片贴羊尾巴油，切块，一层肉一层油，过完油炒出来，吃面的人，滋润着舌头，和过油肉一起嚼着往下咽。刀工过关后，她的师傅努尔允许她炒一般的菜了。所谓一般的菜，是那些凑份子喝酒的酒客们，吃完碎肉面，要的辣子炒鸡块和回锅肉。

第三年，玛丽娅出徒了，可以独自掌勺了。一直在帮助她进步的经理阿吾提发现，玛丽娅的碎肉和过油肉，几年就超过了她的师傅努尔。那些常客，也开始点名要她的菜了。大锅饭的那些年，她和师傅努尔配合得极好，每天晚上下班的时候，他们二人都是忙人，互相间都看不见各自安置在自行车后架上的黑包。自行车不会说话，黑包也是骆驼见了没有没有，它们在那个萧条饥饿愚昧颓废的年月，把玛丽娅的家变成了顿顿有肉吃的安逸之家。从那时候起，玛丽娅和马赫穆提月月都能有点温暖踏实的积蓄了。

后来，后来就热闹了，公家允许私人做买卖了，玛丽娅就退休回家了。几个月后，她开了一个食堂，生意天天红火，主要都是从前的回头客，捧她，说她是男人一样胫骨坚硬的女人。二十多年下来，小食堂变成了大餐厅，孩子们都长大了，也能帮上手了，别墅也有了，只是她的身体出问题了。原来，生命是如此脆弱，死神就在眉毛和眼睛之间一厘米的地方，收走了她的生命。用马赫穆提的话来讲，在蝴蝶一样绚烂的蜜月里，在婚后温馨而又烦闷的雨后荒凉里，在老大艾塞提出生时给他们带来的喜悦中，在孩子们一个个完婚有了自己的家的日子里，一个个孙子出生光耀家族人脉的辉煌时刻，这个生命始终都是创造了生活、支撑着家庭的金柱，是最顶点的光荣，是最透明的珍珠。

马赫穆提收好小地毯，带着妻子走出墓地，上车，缓慢地开着车，来到了城里。莎尼雅说，咱们到大地美食去吃吧。马赫穆提说了一声好，把车停在了大地美食对面民族医院的停车场。这是新开张的美食厅，老板是暴发户，在口岸折腾了一年，就有了很多钱，据说脚上穿的都是一万块钱的高级皮鞋，是四十来岁的年轻人。一千多平米的餐厅，整整装修了两年，据说装修费比建餐厅的费用还要高。他们坐在窗户跟前，要了两份手工面，烤肉，烤包子和一盘凉粉。马赫穆提看着妻子说，喝酸奶吗？莎尼雅说，不要，够了。饭上来了，马赫穆提请妻子吃烤包子，说，外面两块钱的烤包子，这里就五块了，一个包子摊了三块钱的装修费。莎尼雅笑了，说，有人就是喜欢吃环境。马赫穆提说，是的，人变得自己不是自己了，这才是致命的。就说我的儿子们，他们出生，成长，我是多么高兴，现在，我已经找不到这种感觉了，他们几乎都是我的烦心。可能我们都有问题，但是我不知道我的毛病在哪里！

他们走出美食厅的时候，午后的太阳像远古的神话，照耀繁忙的大地，照耀匆忙安逸颓废没有方向没有欲望的灵魂。步行的人，骑自行车的人，有车的人和坐公共汽车的人，坐毛驴车上的人，路边卖酸奶和奶油的女人们，卖乌斯麻染眉草的老太太们，一只脚和三只脚的人们，都在共同的太阳下思谋自己的日子和麻烦。在心灵一角的小天平里，忧扰他们的经线和纬线，在不同的舞台和旮旯里，改变他们的姿势和方向。盛夏午后的太阳，像流动在火墙缝里的《一千零一夜》，借用祖辈恩赐的语言的魅力，向炙热的大地散发永远的人气，像在馕坑里闷熟的和田大鼻子彩色南瓜，香气烫人，舌头和嘴唇顿时变成润润的蜜枣，使人回味起童年的甜蜜蜜。

马赫穆提把车停在院门前，开门，准备开车的时候，邻居伊力多斯啤酒说，哥们儿，滋润了一圈？莎尼雅听到这句话，看着伊力多斯笑着打了个招呼，进院子了。马赫穆提说，到玛丽娅的村庄跑了一趟，上坟了。伊力多斯啤酒说，这个，你处理得好。玛丽娅太伟大了，走了，还给你留了一笔续女人的钱！我命不好，这样的事情我想也不敢想。刚好，这个年龄死老婆，的确是天赐的幸福啊！马赫穆提说，不好，没有啤酒的味道好。伊力多斯啤酒笑了，说，啤酒的味道是马尿的味道，三十岁的莎尼雅，才是沙枣花，才是郁金香。马赫穆提说，你的哲学是没有房屋的孤儿能比得上初恋女人的恩情吗？伊力多斯啤酒说，嘴上比不上，其他的地方都能比得上。

马赫穆提是从商业局退下来的。工龄满三十年那年，手续没有办成，年龄不到。伊力多斯啤酒帮忙，歪道上找了几个满嘴豁牙善黑吃的邪哥们儿，都是有家没有锅的浪人，他们通过酒肉的麻痹麻醉，俘虏一些手和嘴，把他的户口给改了，把退休证办妥了。马赫穆提利用两个五年的时间，奇迹般地改写了存款数位，那些亲切的阿拉伯数字，优美地变换姿势，不断攀缘，在精神上给他自信，物质上让他有底气。

马赫穆提在局里做了一辈子的采购员，正道邪道里的经验都丰富。第一个五年，做水果生意，都是南疆的好东西，肉溜溜的大杏，香梨，美女脸蛋一样精美的石榴，蜜汁一样甘甜的克克奇甜瓜，玛瑙一样诱人的和田大枣，他都能第一时间组织到院子里批发，挣干脆钱。后来开始做干果生意了，南疆的核桃、巴旦木、杏干、无花果干、葡萄干、杏仁都是挣钱的好东西。第二个五年，他改做地毯生意了。原因是城里人开始有钱了，家里的毡子，送弱势的熟人，开始置地毯了。地方上的地毯批发商，都是他的朋友，他的资本是友谊，那些人信他，说他是胸脯上有毛的男子汉，敢给他赊账。火车头般大的几卡车地毯，他撂几个定钱，就能把东西拉走。这些钱，基本上都用在了五个儿子的身上。读书，工作，娶女人，住房，都是钱。他娶莎尼雅那天，没有看见一个儿子，心里空空的，说，都不是东西，养几条狗，还跟着我转呢。

马赫穆提完婚两个月以后，老大艾塞提把四个兄弟揪到他漂亮的家里，美味的抓饭招待完后，把湖南的黑茶灌进他们的肚子里，开始把小肠里的东西往外倒了。艾塞提的老婆米娜娃儿退出客厅，在隔壁的卧室里，窥听男人的嘴巴。当五张嘴巴最终都咬嚼一块骨头的时候，他们决定在艾塞提的家里请爸爸吃饭，把他们憋在心里的话说出来，要爸爸给一个说法。米娜娃儿诧异地咬了一口衣领，说，这几个兄弟不是在埋葬自己的名声吗？

第二天，外面是灰蒙蒙的浮尘。尘风在朦胧的天空神经病人似的飘舞，骄傲地侮辱青绿的树叶。快中午的时候，马赫穆提向老婆说，这个浮尘天气，我就不去了，给老大打个电话。莎尼雅说，你已经答应了，应该去。马赫穆提说，这些崽子我知道，他们没有好事。莎尼雅说，有爸爸照耀的孩子，舌头都不在自己的嘴里。马赫穆提给老大打手机，说，这个天气，我就不去了。艾塞提说，烤全羊已经在馕坑里了，我去接你。马赫穆提说，你们先吃吧。艾塞提说，这羊是给你宰的，我们怎么吃？马赫穆提硬硬地说，用嘴咬着吃！艾塞提说，你不来，我们的嘴还是嘴吗！爸爸，你一定要来！马赫穆提没有回答儿子，把手机关了。莎尼雅说，去吧，孩子嘛还是孩子。马赫穆提说，孩子嘛也是害子，我现在才明白，真正的疼爱，不是给东西，而是给做人的道理。

马赫穆提开车来到了苹果园住宅区。这里老早是毛衣厂，在那个年代是非常有精神的地方，十几年穿不烂的一件毛衣，也就二十来块钱。当毛衣二百多块钱两千多块钱的时候，这毛衣厂就破产了，那些骄傲的倩女们，一夜间没有了眉毛和口红，下岗蔫着回家了，从前的风光，像梦一样消失了。内地厂家优质亮堂的产品，几乎在所有人的身上，年年岁岁做广告了。孤儿一样可怜的厂房，在风雨的侵蚀下，像死刑犯恐惧的脏脸，立在那里，等待时间的暗手浮出水面，拨拉算盘珠，钦定左后的句号。老板是后来的形容词，曾经灿烂了城市和人心的那些机器，又一夜之间成为废铁垃圾了。几年的时间里，一排排高楼，超过了几百年以来凉养了工友们的白杨树。那些忠诚的白杨树，仍旧立在原地，顽固地象征着那个年代的人气。

艾塞提住三楼，面积二百平米。那年他半个喉咙细声说话，说只能买六十平米。马赫穆提知道他的意思，何况老大是他的第一个灿烂和血脉，就给他买了二百平米的房子。反应最快的是老二艾力，不敢给爸爸讲，找到妈妈，说，妈，我们也是爸爸的孩子吧！晚上吃完饭，喝湖南黑茶的时候，玛丽娅向男人说，都给买吧，活着不都是为了孩子们吗？马赫穆提说，老大是老大，剩下的都一个标准，一百五十平米。于是五个孩子，都搬到了这个住宅区。

马赫穆提停好车，左右扫了一眼，在找接他的孩子。

马赫穆提心里说了一句：孩子是害子的时候，影子也找不到。他上三楼，敲门。门开了，是老五阿里木的头。马赫穆提说，有一个叫艾塞提的好汉子住这里吗？艾塞提大步迈过来，说，爸爸，请原谅，我刚准备下楼接你呢！米娜娃儿笑着走过来，说，爸爸您好，请进。马赫穆提笑了，说，您好，孩子们好吗？米娜娃儿说，好，出去玩了，马上回来。马赫穆提说，要教育好孩子们，我现在才明白孩子教育不好就是害子，长大了逼老子，审问老子，那是比毒药还厉害的事情。马赫穆提走过来，坐在沙发上，看着艾塞提说，万幸，我没有走错门。你还接我呢，我再晚一会儿，你就去绑我了！阿里木说，爸爸，请你原谅，我们错了。马赫穆提走到沙发前，坐好，说，你们还能错吗？你们现在可都是机器人，谁人能把你们怎么样？老三海米提说，我们没有想到你能来。马赫穆提说，我不来，还能活命吗？老四外力说，请爸爸原谅。老二艾力说，我本来是要去接你的。马赫穆提说，怎么接？艾力说，开车。马赫穆提说，你英明的艾塞提哥哥会让你去吗？你小的时候听我的话，娶媳妇的时候也听，买房子的时候更听，现在，我给你们找了一个后娘，你们就不听了。你娘没有死，该有多好啊！艾塞提英明，说吧，逼我来有什么事？

艾塞提的脸变了，像霜冻的南瓜一样难看。爸爸，我们是请你吃烤全羊。马赫穆提直视着艾塞提的蓝眼睛，说，烤全羊留给你肚子里的狼崽子吃吧，这段时间那狼崽子饿坏了，你的眼睛更亮了。你最好戴一副墨镜，不然，你的眼睛会葬送你的。艾塞提沉稳地一笑，说，爸爸，你误会了。马赫穆提说，我这个年龄了，能和你一样英明吗？快一点，把你们肚子里的虫子都倒出来。艾塞提说，好吧，爸爸，不要脸有不要脸的好处，别墅和存款是你和妈妈的血汗，我们不是眼红，不能留给那个女人。马赫穆提咳了一声，盯着艾塞提说，你说的是哪个女人？艾塞提说，你家里的那个女人。马赫穆提说，你听谁说我要把你娘的血汗留给那个女人了？艾塞提说，现实不就是这样的吗？马赫穆提说，好像你知道我的死期了，你替我算过命？艾塞提说，我们是你的骨肉，我们要关心你，不能让外人瞧不起我们。马赫穆提说，你们是我的骨肉吗？艾塞提沉默了，眼睛里仍旧自信。马赫穆提说，你说的那个女人是你们的什么人？艾塞提继续沉默。

在厨房门缝边靠着墙窥听的米娜娃儿，走出来，说，爸爸，吃饭吧，我打过电话了，烤全羊马上送来。马赫穆提笑着说，可怜的烤全羊，你的男人，你的人脸狗心的男人，不配吃烤全羊，你的这些弟弟们，也不配，他们应该吃垃圾！你忙吧，我有话要给这些垃圾说。米娜娃儿回厨房了。海米提说，爸爸，我们是你的儿子，不是垃圾。马赫穆提说，我听明白了，那我是垃圾了。那你们就听几句垃圾爸爸的话吧！你们记住，我不欠你们什么，这句话，你们记在骨髓里！你们娶女人的钱，买房子的钱，都是我给你们的，你们娘死后，每人我又给了十万，我还欠你们什么东西吗？我不就是找了个伴儿吗？我就成了你们的敌人了？我劳累一生，不就是为了你们能有今天的好日子吗？当年，你们一个个出生，我高兴得不得了，现在呢？你们现在都有孩子了，不怕孩子们长大了，也这样揉捏你们的心脏吗？艾塞提说，爸爸，我们没有这么坏。马赫穆提说，现在就这样了，好坏都是你们自己了。我可以走了吗？艾塞提说，烤全羊马上就到。马赫穆提说，你们吃吧，我是个坏人，我不能吃烤全羊。马赫穆提站起来，走了。艾塞提和兄弟们，跟了出去，把爸爸送到车上，回来了。大家长时间没有说话，都在心里想马赫穆提的话。最后艾塞提硬硬地说，现在看来，就是那个女人找巫师，把爸爸的心念给自己了。

莎尼雅是音乐老师，专业是手风琴，歌唱得也好，脸也好，眼睛像蓝宝石，做姑娘的时候，迷疯过不少小伙子。她是一个开放的女人，喜欢玩，性格外向，喜欢穿裤子，看着精神，不怕别人评论她的名声。朋友们办家庭舞会，都请她拉手风琴，她自己作曲，可以在圈子里唱那种赤裸裸的情歌。后来出名了，在公家举办的演唱会上也拿过名次，于是舞会婚礼中请她唱的人越来越多，她高兴，更漂亮了，唱得更辣了。校长普拉提找她谈过，说，你是教师，业余生活不能太花绿，要注意影响。莎尼雅说，什么叫影响？校长普拉提说，人家都说你半夜半夜，男男女女，吃吃喝喝，疯疯癫癫，这对学校不好，对你自己也不好。年龄不小了，该有家了。莎尼雅说，我私人的事你也管吗？校长普拉提说，我不是关心你嘛！莎尼雅说，我工作上有问题吗？校长普拉提说，没有。莎尼雅说，这就好，你首先是个男人，而后是校长，记住这一点就行。

莎尼雅恋过三个男人，都没有成功。第一个叫雅科夫，是教师，他们的关系已经上了花椒树的时候，莎尼雅发现薄唇情人雅科夫还有一个女人，他在两个女人中间寻找最佳辣味。莎尼雅不干了，说，你两个眼睛不在一个脑袋上，葡萄已经在手里了，心却在另一口烂锅里。如果你这种广阔的爱心继续泛滥，即便我们一个壶里尿尿了，我们的面袋子也立不起来。

第二个恋人祖农是税务局的干部，这个大头汉子疯狂地追求莎尼雅，莎尼雅也变成了热馕坑，二人在无数个夜晚的帮助下，把许多电流一样的形容词变成了疯狂的动词，杏子在看不见的黑暗里成熟了，有时候杏核儿在莎尼雅的嘴里，有时候在祖农的舌尖上，在颠倒的时间里，他们贪污了许多饭菜，但是电影很快就演完了，祖农不干了。他的姐姐海日古丽，坚决反对他和莎尼雅一口锅里混日子，说她是一流的花心女人。祖农坚持了几个月，最后他妈妈说话了：孩子，玩音乐的女人，心也和音乐一样，四处飘摇，找一个穿裙子的女人吧。婚姻是一辈子的买卖，要看准，你这个年龄，花儿也是花，草儿也是花，要多考验女人，娶错了，是非常痛苦的事情。

第三个恋人阿克是电厂的司机，魁梧，卷头发，是哥们儿的头羊。莎尼雅和他缠绕的时间最长，准备订婚的时候，他爸爸穆里克向妻子阿瓦汗说，你要偷偷地瞧瞧那个女孩子，阿克还是一个娃娃，吃甜瓜的时候不会留意瓜皮的成色的。阿瓦汗说，阿克当然嫩了，长大了，才能和你一样欺骗老婆呀！过年的时候，阿克把艺术品一样艳丽的莎尼雅带到家里认门，阿瓦汗在厨房透过玻璃，窥视莎尼雅的容颜，不干了。说，不行，喜欢打扮的女人不会过日子。这是她给儿子面子的借口，在这以前，她肚子里已经有定论了，这个姑娘不行。阿瓦汗找莎尼雅学校的人和他们巷子里的人们了解，很少有人说她的好话。一位老太太说，天下没有好女人，也没有坏女人，如果你认为她是好女人，那么国王也会说她是好女人。在心灵的小房子里，人人都是自己的国王。女人只有在男人的手里好起来。阿瓦汗拿不定主意，晚上躺在炕上和男人商量主意的时候，穆里克说，我也打听了，不合适，贬损人家的姑娘是罪过，但他们说这姑娘是圈子里的野蝴蝶。阿克给莎尼雅买了一个纪念品，是一块手表。莎尼雅接过来，瞧了一眼，退他手里了，说，你认为我们之间有什么值得纪念的事情吗？阿克说，为了纪念我的软弱。莎尼雅说，你真的好疲软啊，软弱也是值得纪念的东西吗？

莎尼雅是亚夏儿给介绍的。他请马赫穆提喝酒，说，姑娘是好姑娘，喜欢玩，又是琴手歌手，人家就贬她。漂亮的女人，有名的男人，都倒霉。树尖上的苹果人家够不着，就扔石头，道理是一样的。马赫穆提说，人长得不错，是不是太懂事了？那眼睛里好像新疆的什么事情都有。女人还是傻一点才好。亚夏儿说，那是从前，现在是靠眼睛说话的时代，揪着老婆耳朵说事的时代到坟墓里去了。马赫穆提说，我再和她吃几顿饭，我心里就有主意了。亚夏儿说，你和我玩这个，你老贼什么样的女人没有见过？这还需要几顿饭的时间吗？任何女人，你眼睛盯着咬她个瞬间，还看不透她肚子里的小眼睛吗？马赫穆提说，人不错，额头亮着呢，问题是脾性，脾性才是女人的珍珠玛瑙。

马赫穆提哄着莎尼雅吃完第三顿饭以后，向她求婚了。那天发生的一件小事，锁定了他最后的决心。女服务员端着莎尼雅要的馕包肉刚进包厢，不小心滑倒了。莎尼雅急忙扶起女服务员，从手包里掏出洁白的玫瑰手帕，为女服务员擦脸上的菜汤。在走廊里值班的服务生听到响声，走过来，询问情况时，莎尼雅说，是我把服务员碰倒了，再要一份吧，费用加在一起。这一幕，马赫穆提看着感动，看出了莎尼雅灵魂里的平和人情。馕包肉用完后，那些画面一样灿烂的词语死死地围住了莎尼雅的空间，空气一样流进了莎尼雅的血管里。马赫穆提演员一样深情地笑着，把准备好的好词儿都撂了出来。当年，他征服玛丽娅的时候，也是这个办法。他常向朋友们说，任何高傲的女人，都是烫心的形容词的奴隶，你把她的血管说热了，她连人带灵魂都是你的。他眯着眼，脸上挂出虔诚的敬意，嘴还没有张开，舌头已经唱起来了：就是在世界的电影里，我也没有见过像你一样绝美的姑娘，你像月亮，给人希望，又像太阳，照亮男人的胸膛，你的脸庞，像神话的源头，让人心醉，你的眼睛，像天国的长明灯，让我的灵魂有方向，和你一起过日子，我不吃不喝，也能长肉长智慧。莎尼雅笑了，眼睛里飘过来的回答是，这个马赫穆提是人精啊，这个年龄了，还有这样的感觉吗？莎尼雅说，你的决定让我高兴，你了解我吗？我能给你当女人吗？你没有听说我不是一个好女人吗？马赫穆提说，没有，但我是一个有毛病的男人，在你的温暖里，我会成为一个让你高兴的男人。

日子开始了。莎尼雅的饭菜和她一样漂亮，做抓饭她放红、黄萝卜，漂亮，不用冰箱里的冻肉，买新鲜肉做，焖出来的饭，色香味在餐厅里飘舞，愉悦马赫穆提的心情。拉条子做得清香，不放调料，面筋道，有劲儿，菜炒得汤汤水水的，很合他的口味。手工面更是一绝，先熬两个小时的骨头汤，后炝锅，再放汤，慢火煮半个小时，再放细细的手工面。是用鸡蛋和的面，擀出来凉十分钟，再细切，精神，吃起来牙齿舌头喉咙眼睛一起出汗松骨。马赫穆提向邻居伊力多斯啤酒说，没有女人，男人的日子不是日子啊！伊力多斯说，你说清楚一点，小女人吧。马赫穆提说，会做饭，吃到肚子里，香味留在嘴里香着呢。伊力多斯啤酒说，你有福，在最好的时候死了老婆。我老婆比我还结实，我是没有机会了。马赫穆提说，罪过，你不怕真主惩罚你吗？伊力多斯啤酒说，你不要装圣人，你肠子里的毒蝎还少吗？你就是有福气，玛丽娅才是圣女，不然，她不会原谅你的。马赫穆提说，误会，我那是嘴巴上的功夫，只是名声在外了。

七月的诱惑是天然林区。马赫穆提的越野车三个小时就能跑到。玛丽娅在世的时候，他也是年年不放过这个让人长精神养神志的季节。阿尔斯兰山的羊羔肉、马奶、野蘑菇，是安慰贪欲和治愈嘴瘾的好东西，新年出生的羊羔，在绚丽的春天和蒸笼一样的夏季，吃的都是中草药。鲍里斯老板念一声经文，快刀子在漂亮脖子上一划，那肉就是天鹅的好朋友了。下锅煮一个小时，一块肉一杯酒，三块肉安顿肠胃的时候，眼睛可以瞧见上天的繁华和梦中的彩虹，好嘴享用人间的美食，灵魂沉醉在新的田野，在寂静的山林，躺在神话的翅膀上，享受活着的乐趣。

马赫穆提今天开快车，两个半小时就来到了阿尔斯兰山。进入山区的时候，莎尼雅回答男人说，没有，我没有来过这个山区。因为她知道，最伟大和最残酷的真话，就是刀架在脖子上，也是不能出口的。这是一个老音乐家送给她的经验。山区路口是白桦树，它们好像能听懂人类的语言，每当马赫穆提的车出现在这里的时候，那些白桦树亲切的叶片，开始为他们歌唱，风的祝词飘进车里的时候，马赫穆提就小声地歌唱，唱的是情歌。有这样的词句：美丽的哈丽黛是家族的美女 / 我生死爱恋欲娶 / 她却嫁给了异乡的外力。玛丽娅说，这个美丽的哈丽黛你唱了一辈子，不行我给你娶回来吧。遗憾一辈子，老了就痴呆了。马赫穆提说，这个镜子一样漂亮的世界，还有比你更美丽的哈丽黛吗？如果你想给自己找个捶背的丫头，那又是另一回事了。

车拐进山路的时候，马赫穆提看着茫茫的白桦树，说，莎尼雅，在山里，我喜欢白桦树，在城里，我喜欢白杨树。你喜欢什么树？莎尼雅说，丁香树。初春开花，精美的小花瓣紫白紫白，紧紧地拥簇在一起，愉悦心灵。像缓慢舒展的音乐，演绎童年天国的绚烂。马赫穆提说，对，童年。人一生多么能耐，多么风光，多么可怜颓废，都逃不出童年的那根绳子。莎尼雅说，是的。我在童年邂逅了音乐，它变成了我的生活方式，我感到满足，因为我没有埋葬真主启示我的旋律，没有浪费我情感历程中迸发出来的生命挚爱。马赫穆提说，我不懂音乐，但我喜欢民歌。我喝上几杯酒，闭眼唱民歌的时候，我能回忆起几岁的时候妈妈唱的摇篮曲。莎尼雅说，摇篮曲，那是生命的起点，斑斓的五线谱，就是从这个神秘的时光开始滋润我们的。我们的灵魂之所以没有迷失方向，是因为母亲的摇篮曲一生护卫我们的梦想。马赫穆提说，太好了，我们的梦想。没有梦想，旋风转悠我们，那会是多么可怕。莎尼雅说，是的，梦想让我们走到了一起。

白桦树留在后面了。像流动的大地诗篇，也留在了他们的心底。路右侧是高大的千年松树。雄鹰低飞，在白云下的松林上空优美地展翅，像老者的舞姿，舒缓，自信，锐眼盘点大地的碧绿。莎尼雅看着挡风玻璃外面的景色，说，太美了，大地是因为有了树木才美丽。马赫穆提说，还有水，水是我们最早的朋友。

从阿尔斯兰山的顶端下来，左侧是一片深绿的开阔地，是一片神话一样令人神往的领地。河水从远山流下来，银亮地流向城市的方向，带着净亮和爱心，流向繁忙的城市，流向饥渴的土地。这片区域是农民自己开辟的旅游景点，是一个亲切的去处。鲍里斯老板的景点在右边山腰下的平地上，二百米远的地方是欢畅的河流。马赫穆提每年来，按照鲍里斯老板的说法，每天早晨起床，要先喝一碗河水，说是养肝脏和筋骨。从山上下来的活水，民间的说法是雄性水，对男人有特别的疗效。

马赫穆提刚刚左拐弯的时候，路边突然拐出了一辆运木头的卡车，占住了马赫穆提的车道。马赫穆提迅速向右打方向，卡车司机反应也迅速，但还是把马赫穆提的车灯碰碎了。小伙子司机停好车，走过来，给马赫穆提行了个大礼，说，师傅，我有点快了，是我的错。马赫穆提说，错不错就那么回事儿了，问题是命要紧，刚才你的方向盘打得再慢一点，我们就在沟里让狗熊过年了。小伙子内疚地说，师傅，车我给你赔偿吧。马赫穆提说，不是赔偿的事，你把我们的好心情碰没了。小伙子掏出一千块钱，递给了马赫穆提。马赫穆提说，我不要，算我消灾了。但是你要千万注意，玩机器的人，也是玩命。马赫穆提坐进驾驶位上，把车开走了。莎尼雅说，看那样子，这小伙子不是个稳重的人，开大车好像没有经验。马赫穆提说，我也这样看。以前考执照是很严格的，现在交钱就给，人家说是钱执照。

跑了十多分钟后，马赫穆提把车开进了松林里，没有专门的路，朝着能走车的地方开，就能开到鲍里斯老板的景点。都是小木屋，只有一个大毡房，能排着睡五十多人。马赫穆提把车停在了鲍里斯老板的伙房前，刚下车，鲍里斯老板就笑脸迎过来了：瞧瞧，这不是我们的男子汉吗，欢迎，一路上辛苦了。鲍里斯老板露着粗陋的黄牙，握住了马赫穆提的手。马赫穆提说，好，好，你还是这样精神，车也多，生意一定好了。鲍里斯老板说，你来了，才能有生意呀！今天来的都是喜欢喝汤饭的软肋男人。马赫穆提说，也不会，人家可能是牙齿不好。鲍里斯老板说，是骨头上的事，气不够。三批客人一早就开始喝了，到现在连一瓶酒还没有喝完。马赫穆提说，酒是晚上的朋友，早晨怎么喝呢？鲍里斯老板说，山上没有早晚一说，山是人间以外的放肆，骨头硬了，你喘气的地方就是月亮下的好晚上。像你这样的男子汉太少了。鲍里斯老板扫了莎尼雅一眼，看着马赫穆提，小声地说，今年带新客人上来了？马赫穆提从鲍里斯淫秽的眼睛里看出了他肚子里的调侃，说，我续了一个女人。鲍里斯说，恭喜，月亮神一样美的姑娘啊，城里人就是幸福。有十八岁吗？马赫穆提笑了，说，两个十八岁了。鲍里斯老板说，看不出来。看来这高级化妆品和好衣服加在一起，女人长不大呀！马赫穆提说，主要是哥哥的钱好。鲍里斯老板笑了，说，这才是冰糖一样的话，我为什么说你是男子汉呢？你的眼睛厉害，能看见人家看不见的东西。你先休息，东西我叫小伙子们搬。马赫穆提说，好，我们先休息一会儿，湖南的黑茶你有吗？鲍里斯老板说，我什么茶都有，黑茶红茶绿茶黄茶清茶蓝茶统统都有。马赫穆提说，你是能人，弄不好你露水茶也有。你说城里人幸福，其实你这里才是天堂。就这空气，也胜过天鹅肉的味道。鲍里斯老板说，城里人就是厉害，这空气也有味道吗？马赫穆提说，你光顾挣钱了，亏待空气了。我年年不就是冲着你的空气来的吗？鲍里斯老板说，我的空气？马赫穆提说，是你的空气，空气里的眼睛也是你的。鲍里斯老板说，英明，我在这个山旮旯里什么也没有看见，这几天你教教我吧。马赫穆提说，这种事情不好学，因为你的眼睛里别人的东西太多了。鲍里斯老板笑了，说，我一个洗碗的可怜人，肚子里能有自己的什么东西呢？

马赫穆提喜欢住的 1 号木屋已经有人了，住进了靠河边的 5 号木屋。夜静的时候，只有河水撞击石头的声音混响，像雄水从深山里带来的绝响，又像是从大地深处迸发出来的深沉忧闷的旋律，惊扰睡眠和灵魂之间的天使，埋葬大脑私密的梳理。但是也有清晨的好处，打开窗户的时候，好空气蜜汁一样的味道会把天女的祝福和沃土的气息，松树的清香和野鹿的祝福，野鸡的歌声和蝴蝶的芳香，一起吹进客人的鼻腔里，在他们的动脉静脉里吟诵天国和大地的诗篇，馈赠人间遗忘丢失埋葬了的形容词，演绎在没有句号的时代里诞生的旋律，静唱在没有篱笆的领地里成长的灵魂和留在土壤里的祝福。

鲍里斯老板的屠刀已经在马赫穆提选好的黑羊羔的脖子上了。民间传下来的说法是，黑羊羔肉的药物作用极佳。传说在漫长的世纪煤油灯的烟熏里，盲目左右我们的潜意识，在没有显微镜的时代，我们是自在的前行者，大地的水道是我们的乳汁，我们走过来了，诞生了许多符号，我们的皮肤没有变，我们渴望生活的灵魂，渴望年年岁岁邂逅年年岁岁，留在沙漠里的故事，看不见我们是否有眼睛，是否有耳朵，茫茫的森林，固执地在我们的新眼睛里播种祖辈的光荣。

血流在了精美的小黄花的碎瓣里。小黄花摇晃着，诅咒屠刀的贪婪。青绿的小叶片，把眼泪送到沃土里，忍受鲍里斯老板巨手的蹂躏。莎尼雅漂亮的头发，已经在木屋里宽敞的板床上，享受麦草枕头的抚爱，睡眠和灵魂勾结在一起，收走了她的眼睛，留在那里的脸庞，像楼兰美女衔接今日的美梦，窥视黑羊羔的命运。剥皮的时候，马赫穆提在评论肉质的成色，而在百草花丛中的蝗虫、毛毛虫们，紧张地逃离血腥味。唯有苍蝇们在歌唱。

松树下的饭桌，是坚硬的厚木板，是储藏风雨岁月的年轮转回。马赫穆提把浓香的烤羊肉端到了莎尼雅的面前。半生不熟的烤肉，自古是血脉食欲里的第一诱惑。莎尼雅的小嘴张开了，像艺术家的画笔一样静美，洁白的牙齿帮忙，舌尖品尝自然和精盐辣椒面的混合味，把肉送进喉咙的时候，等待剩饭的肠胃，睁开眼睛，欢迎美食的问候。马赫穆提说，木柴烤的羊肉，养胃养心。莎尼雅说，香，不腻。马赫穆提说，和你一样。莎尼雅昂起头笑了，眼神像刚才为他们的食道牺牲了的黑羊羔的眼睛。她说，我像烤肉吗？马赫穆提说，不，你是我的天鹅，在我的天空里为我的生命歌唱。

羊肉面用完后，黄昏从木屋的后面飘过来了。松香味和烤肉的味道黏合在一起，在幽香的饭桌前静静地歌唱。马赫穆提把莎尼雅的手风琴背过来了。莎尼雅的热身抱住了她心爱的宝贝，她漂亮的手指放在琴键上的时候，幽美的黄昏，围在她的身边，等待她的灵魂为它们歌唱。莎尼雅说，想听什么歌？马赫穆提温热地说，民歌吧。莎尼雅说，民歌好，民歌是夜的朋友，一切千古的死灵魂，都在慷慨的夜世界里复活，聚集在民歌的旋律下，寻觅那个时代的记忆。莎尼雅开始自拉自唱，金子一样叮当响的歌喉，开始热吻马赫穆提的心弦，安慰无数亡灵的灵魂：我要给情人建宫殿 / 用鲜花筑高塔 / 情人能理解我吗 / 我虽有错千万 / 是水就应该是清清的水 / 是长流不息的甜水 / 恩爱百年的情侣 / 应该是一对好邻居 / 未能天天见情人 / 总是期盼新的星辰 / 爱心未灭 / 活着总

有心花怒放的一天 / 像小小的金盒银盒 / 像雪白雪白的精灵 / 如果人人有情 / 心灵天使一样美丽 / 如果有好马我会飞起来 / 异乡的孤独俘虏了我 / 在遥远的边城 / 哪里来的骆驼客 / 吐鲁番来的骆驼客 / 一路上见了多少骆驼 / 胡椒 / 花椒 / 姜皮子 / 黎明来了快起床 / 晨训时辰到了快开门 / 开门开门 / 黑眼睛 / 你的朋友谁来了 / 吐鲁番好吗哈密好 / 哪里有钱那里好 / 小妹子好吗大妹子好 / 哪个欣赏那个好 / 我为谁而来 / 我为情人而来 / 不去想我的生意 / 最后倒在了深坑里 / 白雀是个狡猾的鸟 / 不给糖不叫 / 西域的少妇美丽动人 / 不给钱不笑 / 西域的少妇美丽动人 / 不给钱不笑。

莎尼雅的歌声停下来了。虔诚的夜，用沉默奖赏莎尼雅心灵深处的旋律。从厨房南面的那排木屋里，传来了客人们热烈的掌声。鲍里斯老板在厨房前喊了一句：美得很！燃烧灵魂的歌声啊！莎尼雅抱着琴，喝了一口水，看着马赫穆提，说，您也唱几句吧，我给你伴奏。马赫穆提说，我的水平能在您面前唱吗？莎尼雅说，不，是你的灵魂在唱。马赫穆提咳了几声，开始缓慢地唱了起来。莎尼雅跟随他的节奏，深情地拉起了手风琴。四周静下来了，鲍里斯老板提着一瓶酒，悄悄地来到马赫穆提跟前，倒一杯酒，无声地把酒杯送到了马赫穆提的手里。马赫穆提端起酒杯，干脆利索一口闷，长长地吹出酒气，开始继续唱：你的小嘴像初开的花儿一样美丽 / 我一生未能吻你一次 / 就结束了生命 / 我们出发远征的时候 / 情人留在了院门前 / 黑眼睛里流着泪 / 说我们什么时候再见 / 高山后面是无边的果园 / 我的情人还是个未开花的小甜蜜 / 我从天窗里 / 看到了情人甜睡的笑脸 / 想告别她远去 / 又不忍心她的情恋 / 我死后名分不存在 / 风从头上飞过 / 我的那些好朋友 / 哭着从我身边走过 / 我的父亲死了 / 我的母亲也死了 / 我虽有亲人 / 但他们的心不在我身边 / 外人的辱 / 能忍受 / 亲人的恨 / 伤心头 / 情人的辱布满了我的心头 / 如果父亲健在母亲健在 / 我倾听他们的苦言 / 治愈他们的心伤 / 走过情人的家园 / 抓住了果树的枝头 / 你总是不出门 / 我在街头空流泪 / 我的情人是人见人爱的千古美人 / 是可以让一个男人死去活来的仙女 / 离别我不会失去生命 / 我哭献给我情人的爱心 / 唱吧我的百灵鸟唱吧 / 唱断那根鲜花的枝干 / 情人要离开我 / 我要让她心满意足 / 你是我在这个人世的唯一 / 你是我欢笑安乐的源泉 / 赶着快马我们穿越冰达坂 / 为什么一起受罪的是好汉和恶汉 / 我们来也匆匆去也匆匆 / 你们自己保平安 / 我们穿越高高的冰达坂 / 请为我们求平安 / 在鲜红鲜红的花丛中 / 我像鲜艳的蓓蕾向你鞠躬 / 昂起头我望不到天涯海角 / 这世界只是一个旅店 / 我们是匆匆的过客 / 我们是匆匆的过客。

马赫穆提唱完，又传来了一阵热烈的掌声。他长喘一口气，看着鲍里斯老板，说，我喜欢听，但是唱不好。鲍里斯老板说，男子汉，你不要客气，我不知道吗？你也是一只深藏的夜莺。莎尼雅把手风琴放在长板凳上，开始喝茶的时候，木屋里的客人们，端着肉和酒，来到了他们面前，马赫穆提和鲍里斯老板邀请客人们入座，大家高兴地围在了一起，鲍里斯老板向客人们介绍过他们俩以后，又把来自各方的客人们介绍给了莎尼雅和马赫穆提。马赫穆提让服务生提来了马灯，吊在松枝上，照亮了客人们兴奋的脸庞。那个叫尤努斯的屠夫又做了一次自我介绍，倒了三杯酒，两杯敬给鲍里斯老板和马赫穆提后，说，咱们干一杯，互相认识，是天下最好的事情。喝完酒，尤努斯屠夫说，刚才听到你的歌声，我们很兴奋，除了死亡以外，天下的事情都是歌声。我也给大家献一首吧，都是我在喝酒的时候学唱的歌儿。尤努斯粗犷的歌声响起来了：一朵朵鲜花赐我们欢情 / 不要让他人发现我们 / 多情的心儿向往多情的人 / 放任他们去潇洒青春 / 你匆匆地走了心爱的人 / 什么时候能见你的芳容 / 回到从前你难上加难 / 我要为你的容颜勇往直前 / 我将深情地去看望心上人 / 她会多情地飞向我的乐园 / 如果心上的人爱心上的人 / 会像蝴蝶一样舞着花翅前行 / 情人已消失在远方 / 我跨上了我的烈马 / 情人不再爱我 / 心已飞向了异国他乡 / 我的爱没有改变方向 / 我仍真情地渴望 / 我信主的恩赐 / 信我心

中的向往 / 爱情让我死去活来 / 我的心碎成了一片又一片 / 你理解我的真情 / 现在谁倾听我的悲情 / 我在这里唱我的心曲 / 你在家里欣赏我的甜声 / 你已是一个没有花香的主妇 / 什么时候可以变成少女妙龄 / 我要从头为你歌唱 / 你要用心倾听我的爱心 / 我要把这短暂的生命 / 献给你情深爱意的生命 / 我手里长长的神绳 / 套住了那匹骏马 / 如果你真心爱我 / 绝不要去爱那陌生的路人 / 情人在高高的墙上 / 倒下的墙压住了她心房 / 她的脸上没了艳丽 / 悲哀笼罩了她的身影 / 请你诉说吧我的爱人 / 我要为你解除忧愁 / 如果你仍真心爱我 / 我从沙漠接回你 / 入住我的心房 / 如果你的家在悬崖绝壁 / 我纯心喂你最好的食物 / 在留住真爱的情人怀里 / 献出我珍贵的生命 / 如果我有翅膀 / 我要飞往情人的爱巷 / 如果知道她甜睡的金床 / 我会飞进她的心房 / 我是天空的白云 / 是空中的爱鸟 / 我要把我的情爱 / 洒向你甜蜜的少女 / 如能娶到叫甜蜜的丽人 / 我无怨无悔 / 如不能得到真爱的姑娘 / 我的生命将枯萎 / 你的眉黑亮黑亮 / 院里正屋富丽堂皇 / 昨夜我多么想去看你 / 但小人总是窥视你的爱窗 / 千古以来总是小人损美人 / 下流心肠 / 来吧心上人我们欢唱 / 让小人去见他的娘 / 他们躲在门后 / 从缝里窥视我们 / 街坊太多 / 天天来偷看窗缝 / 当风从西面吹来 / 我会闻到情人的体香 / 我会闻到情人的体香。

尤努斯屠夫唱完，站起来，在暗淡的光亮下，给大家鞠了一个躬。而后响起了热烈的掌声。在几位妇女的要求下，莎尼雅抱起手风琴，开始给大家演唱。是她自己创作的歌曲，叫《塔里木》。悠扬、遥远、静谧、忧伤的旋律开始挠痒大家的神经，发自心底的旋律，把凄凉无边的沙漠世界带到了眼下的绿洲家园。一曲唱完，没有人说话，所有的心灵，都被往昔的苦难收进了沉默的笼子里。

夜的时间把客人们送到了各自的木屋里。所有木屋里的马灯都熄灭了的时候，鲍里斯老板的家狗和远处的牧狗开始呼叫，从它们悠扬自在的叫声里，传来了平安和谐的信息。静美的夜里，在木屋里歇息的心脏和护卫主人精神期盼的灵魂们，深情地倾听警惕的牧狗传来的心曲，往昔的回忆，开始在夜的网络里寻找从前的印记，在牧狗成长的火堆旁和连绵的群山脚下，有它们太多绚烂和自由的舞步。

马赫穆提和莎尼雅还没有睡。远处的牧狗和鲍里斯老板的家狗继续为他们伴奏，还有河水的喧响。马赫穆提说，我喜欢在夏日里远离城市，在一个角落静静地盘点和洗刷自己的日子和言论，你会发现人性的美好和复杂。莎尼雅说，什么样的美好呢？马赫穆提说，日子里的热闹，那种纯洁和奸诈糅在一起的香辣味。莎尼雅笑了，说，有意思。人性的复杂又是什么呢？马赫穆提说，明明是你的儿子，但是他的灵魂不属于你，这是比误吃了苍蝇还要难受的事。他们成长的美好和现在的丑陋同时出现在一个镜子里的时候，你就会觉得自己是一个失败者。你抚养的是囫囵躯体，而不是一个个精神。莎尼雅说，我明白了，最大的苦难是精神上的苦难。我认为音乐能治疗颓废。音乐是人类最早的母亲，大地风起雨落，草木生生死死，动物世界千万次轮回，自在的生灵孤独绝望的时候，人类诞生了，这些伟大的灵魂，在音乐的抚爱指引下，适应了大地的生活，创造了人间规矩，告别了原始的自生自灭，创建了赖以永久繁衍的文明。当文明展示自己的魔力，纵容人类兽性的时候，音乐又返回来拯救了人类，音乐启示我们说，自然形态的生活属于你们的躯体和灵魂，身外的财产属于大地人间，最好的生活不是野心的留恋，而是在生活的重要过程中，在你们站着的那个地方友好地握住一只只陌生的手，与他们交流心灵的旋律，拥有和谐依赖和谐。马赫穆提说，音乐是人心吗？莎尼雅说，也是人性。

第二天天亮的时候，客人们都聚集在伙房前面的草地上，开始愉快地喝奶茶。十几张地毯上面，铺的都是同一颜色的褥子，男客们盘腿而坐，女客们在另一角，文雅地并腿坐在褥子上，品尝奶茶。莎尼雅也坐在了女客们中间，愉快地和她们说话。清晨的阳光从高大的松树后面射进来，照耀餐布上的食物，亲切的馕和奶油，酥油，蜂蜜，在激光一样强烈的光亮温暖里，显得更加亲切美好。阳光下傲立的松树，像大地的巨手，又像听话的孩子，向天的光芒致敬。阳光照在莎尼雅的脸庞，温暖她挚爱的深情容貌，她的眼睛像千年的海底珍珠，闪烁珍贵的精神影像，自信地看着那些欣赏她的眼睛们，友好地和她们交流奶油和酥油的味道，在山里打制馕的经验。她回答女人们询问的时候，情绪极佳，眼睛和脸庞迅速回到童年时代，向客人们展览她对音乐生命的挚爱和固执，向她们阐述音乐在她血脉里的滋润。阳光照在她的额头美发上，温暖的前额，像浓香的抓饭，让人看着可亲可爱。乌亮的鬈发，像天山深处的黑玫瑰，增添她的姿色。一圈一圈的花瓣，像支撑她灵魂的月亮，衬托她的精神气质。蝴蝶开始出现在温馨的花草中央了，几只蝴蝶落在矮小的黄花上，私密地和甜蜜的花瓣爱恋，享受花香的滋润。

许多鹰出现在了他们的上空。马赫穆提看着蔚蓝的天空，说，那就是说，鲍里斯老板正在宰羊了。在伙房后面的草地上，鲍里斯老板的屠刀，已经把两只好羊的生命，分在了愉快地用早餐的客人们的名下。鲜红羊血的味，招来了松林后面的鹰，景点里的家狗牧狗也都准备好了鼻子舌头，它们是古老的厚脸皮流浪者，只要有血味，它们可以暂时忘记自己的窝和主人。鲍里斯老板手下的小伙子们把羊肉弄回伙房的时候，首先是狗嘴们把羊头咬回去享用了，而后是那些骄傲的鹰傲慢地飘下来，站稳，礼节性地四周瞧瞧，开始啄吃那些温热的羊肺和肠胃。

五天的时间，像转眼间飞逝的彩蝶一样消失了，但五天的记忆牢固地留在了莎尼雅和马赫穆提的灵魂智库里。小木屋，麦草枕头，爱偷听的马灯，漂亮的花被，都听到了他们的从前，听到了在那些忧伤炙热的日子里伴随他们的爱和忠诚。马赫穆提愉快地把自己的童年送给了莎尼雅，那是暑期整片整片的乡下记忆，史诗一样的田野，神话一样神奇的河畔游戏，在河对岸的森林里抓野鸡的记忆，在麦场骑马打场的刺激，在瓜地的瓜棚里品尝冰糖一样黏甜的甜瓜，夜里奶奶缓慢地评讲的故事，都渗透在了莎尼雅静悄悄的血脉宝库里。而后是从成长的向往和鼓舞里派生出来的故事，也是鲜花的痛苦。鲜红的玫瑰，常常蹂躏他的脚步和神经，他抓不住那些最艳丽的玫瑰。后来出笼的是对亡妻玛丽娅的怀念，维吾尔语所有灿烂精美的形容词，都虔诚地云集在他痛殇的嘴里，深情地颂扬亡妻的美德和恩爱。而后是莎尼雅夜莺般的念唱，是音乐弥补挽救了她的情爱失败，那些细节变成了她的诗歌时代和音乐时代，吝啬的时间还是为她睁开了另一只眼睛，音乐的金绳把她的生活拴在了人间无穷的旋律上，那些天籁之音恩赐她感觉和激情，那些灵感变成睡眠的养分和冲刺、希望、奋斗改变命运的精神激素的时候，她找到了自己的感觉：男人不是生活中一定要有的假圣人，音乐才是她的探照灯。而在另一个酝酿机会的时间里，马赫穆提的时间向她伸出了暖手。两只手触电的时候，她暗暗惊喜，她不再渴望的情爱，突然拨动她的神经，把她的眼睛退回到了十八岁的花季时代。她没有想到在这个年龄，还会拾起她早已丢弃的绣花针，复活被埋葬的恋曲，用最早的心动，缝补那些梦想和痴心。结果蜜水一样的五天，变成了镜子一样透明的五年。第二天烤全羊的味道，第三天手抓肉的味道，第四天野鸡的味道，第五天野羊的味道，在她的鼻腔和肠胃里没有留下任何的念想，唯有马赫穆提的味道，他的笑容，稳重，坚定，随和而又固执地坚持自己和批评自己的生活态度，融进了她的血脉里，拆散了她私密的哲学网络。

鲍里斯老板把他们送到了一公里的拐弯处，把手里的一包奶疙瘩送给了马赫穆提。说，这是没有脱过油的牛奶做的，没有菜的时候，是下酒的好东西。马赫穆提说，我知道，好东西都在你这里。这一次时间短了，没有和你一起进林子里打猎。鲍里斯老板说，也好，现在公家抓得紧，山里有林业警察的眼线。十月我还在山里，你可以再来一次。马赫穆提说，十月山里凉了。鲍里斯老板说，凉了好睡觉啊！马赫穆提笑了。鲍里斯老板看着文静的莎尼雅说，没有招待好，希望你们再来。莎尼雅说，谢谢，非常好，我喜欢上这个地方了，喜欢你在松树下的露天餐桌。

他们出发了。太阳在他们的背后照亮着狭窄的山路，两头奶牛从左边的林子里伸出头，缓慢地出现在了他们的前面。肥壮的牛看见他们的车，停下来，悠闲地叫了一声。马赫穆提放慢车速，按了按喇叭。奶牛没有反应，仍看着他们的车，原地不动。马赫穆提将车慢慢靠近奶牛，不停地按喇叭，奶牛开始有反应了，病态老汉似的抬起蹄子，迈过了公路。莎尼雅说，多么幸福的奶牛啊。马赫穆提说，这些牛吃的是中草药，喝的是矿泉水，都长得肥壮，脑子反应慢，也是一种幸福。

车翻越阿尔斯兰山的时候，一条黑狗又从左边的林子里出来，跑到对面的林子里去了。马赫穆提放慢了车速，说，是牧狗，牧人的帮手，黄昏的时候赶牛群回家的牧狗。

车开到白桦林前拐弯的时候，一辆卡车突然出现在了马赫穆提的眼前，他快速反应，右打方向盘，但是来不及了，卡车猛撞他的车，车翻进了路边的水沟里。卡车停下了，司机是个五十来岁的光头汉子，脸色苍白地跑进水沟，开始救人。车翻进沟里已经四轮朝天了，副驾驶位的车门被撞开了。莎尼雅头部撞在了外面，方向盘死死地压住了马赫穆提的胸部。光头司机脸色苍白，嘴里念诵经文，把莎尼雅拉出来，艰难地爬出水沟，把莎尼雅放在草丛中，掏出手机打电话，要朋友们速请救护车来。而后从卡车里找来撬杠，滑下水沟，开始撬车门。光头司机撬开车门，修正方向盘，抱出马赫穆提，爬上水沟，把马赫穆提放在莎尼雅跟前，开始摸他的前额。这时，恢复知觉的莎尼雅脆弱地叫了几声，光头司机看了一眼莎尼雅，脸色更难看了。他掏出手机，向朋友询问情况，朋友说，救护车半个多小时就能到。光头司机抓起马赫穆提的手腕，摸他的脉搏。瞬间，光头司机的眼睛凝固了，瘫在了地上。

寂静的公路上，传来的警笛声惊醒了光头司机的记忆。他站起来瞭望公路，瞬间从山头的方向，拐出了一辆洁白的救护车。救护车停在了卡车后面，四位医护人员急步下车，跑过来，蹲下检查伤者的身体。跟在医生后面的吾拉姆来到光头司机跟前，握住他的手，说，图拉洪，人没事儿吧？图拉洪光头的眼睛直了，说，朋友，我倒大霉了。可能、可能那个男的不行了。吾拉姆说，晚了，一切都晚了，无照驾驶这一条，你就一点余地也没有了。

吾拉姆来到医生面前，说，医生，可能这个男的情况严重。大肚子医生来到马赫穆提的跟前，艰难地蹲下，迅速给病人做检查。医生听完他的心脏，拨开眼皮，看了一眼情况，说，他在这个世间的时间用完了，愿他安息的地方是天堂。另一个医生已经给莎尼雅挂上了吊针，说，快上路，不能耽搁。两个护士在医生的指导下，在马赫穆提的脸上盖好白布，她们把尸体放在担架上，抬到了救护车上。救护车迅速拐弯，消失在了山路。

第二天中午，莎尼雅醒过来了。右边三根肋骨断了。医生帮她给她弟弟玉山打电话，玉山和妻子博斯坦赶到医院，了解了情况后，立马给马赫穆提的老大艾塞提打了电话，艾塞提兄弟五人来到医院，在太平间看到僵硬的父亲，一个个放声大哭。那声音，凄凉无助。在艾塞提的要求下，兄弟们把父亲的尸体抬到救护车上，准备回家了。玉山走过来，看着艾塞提说，不去看看你们妈妈吗？艾塞提瞪着眼睛说，什么妈妈！我们的妈妈在坟墓里呢！

艾塞提的朋友拜克力阿洪用大榔头砸开了马赫穆提院门上的大铜锁。恐怖的声音惊醒了邻居伊力多斯啤酒。他跑出来，说，拜克力阿洪兄弟，这是怎么回事？拜克力阿洪说，刚才艾塞提来电话了，他爸爸出车祸了。伊力多斯啤酒说，人怎么样？拜克力阿洪说，他爹走了，新妈妈抢救过来了。拉尸体的车在路上。伊力多斯说，真主啊，灾难降临了！那我通知清真寺的阿訇，咱们准备办后事吧。

拉尸体的车停在了院门前，艾塞提在朋友们的帮助下，把父亲的尸体抬进了父亲的卧室里。兄弟们哭成了一片，亲戚们围在院中央，放声大哭。从客厅里，传出了女亲戚们的哭声。艾塞提哭声最凄惨。马赫穆提的兄弟玛穆提第一时间赶到了。他也开始放声大哭。艾塞提的哭声惊动了路上的行人，穆斯林们停步，举手为亡灵祈祷。

站在葡萄架下一角的伊力多斯啤酒站出来，说，艾塞提孩子，你爸爸活着的时候，你一只臭脚也没有来看过一次老爹，你现在哭的倒像啊，孩子，你可是个好演员啊！死后的孝道，你玩绝了！这才是大智慧！院子里的气氛顿时紧张起来了，丧客们的眼睛都钻进了艾塞提的眼睛里，蔑视，不满，诅咒，辱骂，变成强烈的激光，开始扫射他的灵魂。艾塞提停下来了，绷着脸，说，我们家的事，关你什么事？伊力多斯啤酒说，我的好朋友走了，我能不管上两句吗？人死了，就不是你们家的事了，这是众穆斯林们的事了，你一个人能把你爹埋了吗？孩子，不要狂，你没有看见死亡吗？它没有启示你什么吗？伊力多斯啤酒的话音还没有落，一位穿着长袍的黑胡子汉子，从大门的方向走过来，说，大家都不要哭了，我们多次说过，现在人死了是不能哭的。玛穆提停止了哭声，站过来，说，我们哭不哭有你什么事？几千年来我们就是这样哭着送葬的，现在为什么不能哭了呢？黑胡子汉子说，玛穆提，你的心乱得厉害呀！开始不听话了！玛穆提说，我的心我自己知道，该听什么样的话，我也知道，你不要管我们的事情，回家管好你自己的心吧。黑胡子汉子瞪了一眼玛穆提，转身走了。

清真寺的伊明大毛拉带着十几位弟子来了。大家让开了一条路，满面红润的大毛拉，虔诚地握住一双双伸过来的手，不停地问候那些肃穆哀伤的眼睛。那些粗狂、文弱、自信、坚强、平稳的众多的手，回到自己位置的时候，仍然用尊敬的眼神向这位睿智的大毛拉致敬。伊明大毛拉走进客厅的时候，艾塞提跟在了后面，大毛拉坐好后，开始念经文，声音洪亮。念到中音或高音的时候，大毛拉深沉内具魅力的独特音质，感染了每一个人。最后，大毛拉举手祈祷，念了一段经文，双手摸脸顺胡子，叹了一声，开始问候那些虔诚地注视他的眼睛。艾塞提回大毛拉的话，把车祸的情况告知了大毛拉。大毛拉说，这是前定的事，至上的真主把马赫穆提的意念、欲望、份子都定在了昨天的那个时间，我们只能祈祷他的灵魂。马赫穆提是虔诚的穆斯林，生前几次为清真寺捐款，为贫困大学生捐读书费，做过好事。什么叫好事？死后有名声就是好事。今天是主麻日，是伟大的日子，今天入土安息，是他前世积德的回报。准备送人吧。

艾塞提的朋友和巷子里的青年人，联手把灵柩抬到了巷口的清真寺。玉山挤过去抢到了灵柩前面的把手，放在右肩上，急步朝前走，不到一分钟的时间里，一位青年人逼靠过来，从玉山的肩上接过了灵柩把手。

参加葬礼的人已经净身集聚到了清真寺，一部分人进清真寺大殿礼拜去了。一个多小时后，清真寺的穆斯林们结束礼拜出来了。亲切敏锐的伊明大毛拉，出现在了灵柩前，简短地说了几句，开始念经了。念完经出发前，艾塞提根据千年的礼俗，走到众穆斯林前，行礼，说，我是爸爸的长子，爸爸生前的一切债务，该奉还他人的财物、他人需要归还的账目，都由我负责交接。艾塞提再回来的时候，朋友和巷子里的青年人抬着灵柩上卡车了。送葬的人们，分别上了大轿车和卧车。灵车开始在古老的马路上缓慢行驶，时间跟在灵车后面，开始清算马赫穆提留在人间的二八一十六二八一十八和偶尔的三七三千七的历史和野史。灵车开到坟墓里的时候，岁月的账本已经很清楚了，在时间的金筐里，马赫穆提的金苹果没有满过筐边，而在那把银筐里，那些斑斓丑陋的象征都没能逃脱时间的抚摸和拿捏，那些洁白的羊脂玉夹杂在杂草丛中，像海底的珍珠，闪烁着让人欣慰的暖光。筐底的杂草，似紊乱的噩梦，固执地阐述着日子旮旯里的酸臭。

小伙子们把灵柩抬上卡车后，长袍汉子们，许多崭新的鞋，变形了的廉价皮鞋们、领带们都上车了。灵车走在马路上，行人和自行车，毛驴车，卧车，西藏牌照的牛头越野车，都自动地让开了马路，它们把死亡的气息，传给了自己的主人。走出城市，灵车朝着五十公里远的恰木古鲁克村开拔了，在那里的森林公墓里，安息着马赫穆提的前妻玛丽娅，她的灵魂在等待自己王子的灵魂回归她的庄园，共同回忆往昔玫瑰生活的血脉记忆，在永恒的灵魂王国里，盘点黎明携带的黄昏，享受从黄昏的翅膀里派生出来的野性和痴迷，在黄昏的照耀下，回到朦胧的青年时代，重新盘点那些玫瑰岁月。

玉山从墓地里回来，直奔医院，来到了姐姐莎尼雅身边。莎尼雅艰难地睁开了眼睛。玉山说，人埋到了恰木古鲁克村上游的森林公墓里了，他前妻的灵魂在那里。我抓了一把从墓穴里挖出来的土，感觉不错，绵软，姐夫是一个好人。莎尼雅的泪水在她清秀的脸庞上凝固了，她喃喃地说，老辈人说，孤儿的嘴巴还没有吃到饭一口，石头已经打在了鼻梁上血满流。都是真理啊，好人都活不长。玉山说，姐姐，注意身体，这是真主的旨意。他们家那个艾塞提是一个很张狂的人，他把院门砸开了，好多丧客都骂他，说姐夫的兜里是有钥匙的。你在卧室里有贵重的东西吗？莎尼雅说，你姐夫给我买的首饰都在梳妆柜里，无所谓了，人都没有了，我还要那些东西干什么？玉山说，我看那个艾塞提危险，自古蓝眼睛的人都危险，眼睛里面有眼睛。莎尼雅说，家族的正道，穆斯林们心中亘古的善念，才是第一只眼睛。艾塞提这个孩子，把势力钱财看得太重了。医生说，我至少要医治三个月，这些天你代表我到家里帮着张罗一些，几天后就是头七的乃孜尔[1]，有事可以和玛穆提说心里话，那人心眼儿正。

第二天傍晚，黄昏从近处的白杨树林里飘过来的时候，玉山接到了玛穆提的电话，晚上要商量邀请参加哥哥头七乃孜尔宾客的名单，要他过来一起吃饭。晚上，大家吃完抓饭，玛穆提在说话的时候，玉山看见艾塞提飓风一样混乱的眼睛，刺了他几眼，就打消了说话的念头，一切表示同意，而后沉默。他一个做秘书的朋友说过，人多的地方，最好的话是同意。此刻，他觉得这两个字，帮了他大忙。最后定下来的名单是近千人，莎尼雅家族的人，请的很少，玉山心里明白，没有说话。他肚子里面的逻辑是：人都死了，我还计较什么呢！

一大早，参加头七乃孜尔的穆斯林们开始在客厅、葡萄架下喝茶用餐了。第一轮客人都是长老，艾塞提及兄弟们的朋友们给客人们倒茶端饭，其他的青年人在大门前招呼陆续赶来的长辈。吃完抓饭出来的人，在院门前几个一组，十来个一堆，神秘地评论马赫穆提的死亡。有人说这个太突然了，生命没有希望。有的说这下莎尼雅占大便宜了，别墅囫囵地留给她了。了解内幕的人说，马赫穆提是个弱智傻头，别墅为什么不留给孩子们呢？围在伊力多斯

---

① 乃孜尔，葬礼餐的意思。

啤酒嘴巴周围的人最多，那些热心肠对从伊力多斯啤酒舌头下面飞出来的秘闻，很感兴趣。这些人最后和艾塞提握手告别的时候，眼睛里明显折射着对他的不满和蔑视。

莎尼雅躺在病床上，开始和马赫穆提说话。她第一次见马赫穆提的时候，那感觉是热馕坑里的南瓜，温暖全身。给他的评价是：是个男人气俱全的人。而后她的眼睛、嘴唇、舌头都回到了十八岁的花季时代，那些天真柔美斑斓的鲜花，开始愉悦马赫穆提额头上的年轮。第二次和马赫穆提吃饭的时候，她同样也得到了一束鲜艳的红玫瑰。她笑的时候，嘴唇微微张开，籽玉般洁白的牙齿像千年珍珠似的闪光，温馨鲜活的嘴唇像盛夏迷人的樱桃，温暖了马赫穆提的男人心。此刻，床头柜上的鲜花开始说话了，那是马赫穆提的声音：好姑娘，现在是我的血液在说话，我生活的沙子快数完了，时间的轨道是冰冷无情的，我的一只脚已经被埋进了这个轨道的锁链里，而你的鲜花，你的苹果还没有为你开放，为你坐果。如果我的野心占有了另一口艳锅，我的内疚是，我会贪婪地贪污你的青春岁月吗？莎尼雅的眼睛变成了天国的宝石，她伸出手，抓住那束鲜花，说，马赫穆提，我的生命和灵魂一起属于你。

玉山送午饭来了。是手工面，医生只允许她吃稀的。玉山说，姐，今天气色不好呀？莎尼雅说，昨晚一坏梦缠住我不放，家里没有出什么事儿吧？玉山说，前几天的事情，就是那个艾塞提，姐夫的乃孜尔过完后，把家里的东西都卷走了，什么也没有剩。你们的邻居伊力多斯啤酒说，他们把新近装修的壁柜也弄走了。莎尼雅说，正常，都是他们自己的东西，只是，自己的东西不应该是这样取走的。玉山说，看来，你的那些首饰也让他们洗劫了。莎尼雅说，也是他们的东西。人活着的样子是不一样的，有的人生活在面子里，有的人生活在衣服外面，都是玩和折腾。我现在明白了，只有生命才是能看得见的东西。

子夜，星星朋友们像深井里的蓝宝石，照耀着贪污睡眠贪污正道的脚们和眼睛们的方向。艾塞提和兄弟们开始瓜分爸爸的灵魂。每个人往自己的车上装东西的时候，伊力多斯啤酒的黄狗，把这个子女利欲熏心的讯息传给了在床上抱住老婆做梦的主人。伊力多斯啤酒从老婆的怀里爬出来，准备出门的时候，老婆帕提满说，我的奴隶主，您是梦游吗？伊力多斯啤酒说，你没有听见狗的声音吗？帕提满说，是母狗吗？伊力多斯啤酒说，声音不像。帕提满说，现在的母狗就是厉害，变着声音在脏时间里偷人。伊力多斯啤酒说，自古都是母狗不摇尾巴，公狗不翻墙啊！

伊力多斯啤酒走出院子，朝前迈了两步，左右观察了一番，靠到左边，来到了马赫穆提的院门前。马赫穆提的老二艾力正在往一辆小货车上装地毯。他看到伊力多斯啤酒，老鼠一样笑了笑，说，伊力多斯哥，还没睡啊。伊力多斯啤酒说，早睡了，狗把我叫醒了。你嫂子还不信，怀疑我出去会人狗。艾力说，伊力多斯哥，你真热闹，说话我爱听。伊力多斯啤酒说，我想，还是你嫂子厉害，这不，我一出门就看到了许多狗。艾力听到这句话，愣住了，他跳下车，急步走进了客厅。

随后，他跟在艾塞提后面出来了。艾塞提的眼睛变成了闪光的狼眼睛。他凶恶地说，啤酒哥，我爸爸生前没有欠过你什么吧？伊力多斯啤酒硬朗朗地说，没有，这是我的一个遗憾，要是有，那倒是我一生的荣耀了。艾塞提说，那就撒泡尿回窝睡你的泥巴老婆呀！我们院子里你跑什么骚啊！伊力多斯啤酒说，这么多的狗散发毒气，我能睡着吗？艾塞提凶狠地说，没有人掐你的脖子吧！伊力多斯啤酒说，我梦见你爸爸在掐你的脖子，我就出来告诉你一声。可能你没有梦见，死亡已经来到你后面了，你和死亡已经没有距离了。艾塞提说，我得罪过你吗？伊力多斯啤酒说，你得罪了我们这个民族的孝道和人道。贪婪和卑鄙，自古都是坟墓里的好朋友。艾塞提说，这是我们家的事，你眼红什么？伊力多斯啤酒说，你半夜里熏臭着能代表你们家吗？能代表这个家的人现在在医院，你们半夜这样搞，你父母的尊严，你的尊严，你儿女们的脸面何在？艾塞提说，我们和那个女人没有任何关系。伊力多斯啤酒说，你好无耻啊，难道财富这个东西就这么伟大吗？你脸皮比古代的城墙还厚啊！你记住，我是你爸爸的朋友，你恶言侮辱我，我现在就可以挖你的眼睛，但是我不能让自己的手脏一辈子。时间会掐你的脖子，那时候针眼那么小的空气也不会给你。艾力急了，从哥哥的背后跳出来了，说，啤酒哥哎，你肚子里面虫子多了还是怎么回事儿？这关你什么事？你是警察吗？这时，一个黑影急切地闪了过来，是伊力多斯啤酒的老婆帕提满。她说，他爹，人家说得对，他们把院子烧了有你什么事！回家吧。伊力多斯说，今天是大狗和小狗干上了，还是小狗不要脸啊！艾力说，啤酒哥，你以为我不敢动你吗？伊力多斯啤酒说，你长这么大，动过一只半只孤儿蚂蚁和瘸腿苍蝇吗？这会儿，我吐你一口，你就会淹死在我的尿尿里。艾力急了，上前迈了一步，被哥哥艾塞提抓住了。伊力多斯啤酒说，兄弟，你好恶心啊，你不怕你要揍我的那只手会离开你的躯体吗？伊力多斯啤酒的老婆急了，说，他爹，走吧，你毕竟还是一条好狗，疯狗的恶性是会传染的！

那天晚上，别墅里的一切东西都变成了五双手的猎物，头狼是艾塞提，他的眼睛变成了机器人的眼睛，甚至角落里一尺半的风景画也没有留下。当年，这些手出生的时候，马赫穆提的喜悦是国王的喜悦，宰羊请客，不停地舔亲那些手的嘴脸，反复地和父母爱人商讨他们那些漂亮的名字，把未来，寄托在他们身上。然而现在，马赫穆提在另一个世界里不知道，他在这个人世艰难养育成人的手们，嘴脸们，眼睛们，现在却在性别不详的夜的掩护下，瓜分了他的人格和留在人间大路角落里的形象。空荡荡的别墅，竟如此可怜败落，二十多年的辉煌，竟在半个夜晚的蹂躏里，结束了宁静和灿烂，那些温馨的细节，只留在了漂亮的葡萄架上，珍珠般亲切的葡萄，在正午的阳光下，像羞羞答答的姑娘，不敢正眼看那温热的阳光。

周末晚上，艾塞提奸笑着把莎尼雅的首饰盒，送给了老婆米娜娃儿。艾塞提的遗憾是，没能找到妈妈祖传的那串深棕色的玛瑙。米娜娃儿熟悉这些东西，金手镯和厚重的俄国项链，一对蓝宝石戒指，当时都是她帮着参谋的，现在，她看到这些东西，手开始发抖，像是自己偷盗了这些东西。她把盒子还给了男人，说，还是你自己留着吧，以后会有用的。艾塞提说，我用这些东西干什么？此刻的米娜娃儿，心里有气，憋不住，嘴里突然走词儿，说，孝敬你的情妇呀！艾塞提的脸色变了，说，你在发烧吗？米娜娃儿说，很正常。你的本意我知道，想让我高兴，其实你是在侮辱我，莎尼雅姐姐还在医院，她的名分是你爸爸的爱人，你这样做，不怕穆斯林们咒你吗？你的脸即便是个城墙，我和娃娃们的这个脸还是要的呀！你这不是在垃圾坑里剁我吗？我的好男人，首饰这个东西，是女人最后的尊严，这个东西你也敢夺吗？女人日月羞辱在男人下面，换来的就是这么一点闪光的小虚荣，我有脸夺这个东西吗？是我嫁错了人还是你娶错了人？如果是我错了，那么是我自己埋葬了自己的珍珠玛瑙，我的福祉从此结束，如果是你错了，你要拯救这个家，没有脸还能活人吗？这些天，街上的人们都在说我们，你没有发现我这几天不敢出门吗？女人们之间什么话不说？我真的想把脸蒙上了。

马赫穆提的兄弟玛穆提是在第二天晚上才知道这件事的。他脑子里的第一反应是，看来，哥哥没有来得及留下什么遗嘱。这些孩子，也太恶劣了。玛穆提的老婆古丽巴努姆说，遗产这个东西，要正确地看它，它是财富，也是感情，就是一张破桌子，一张旧照片，也是精神财富。玛穆提说，看来，哥哥的这个院子，以后还真的是一个麻烦。古丽巴努姆说，也就莎尼雅继承了。玛穆提说，那样太亏了。做了一年半的老婆，捞一院子，天上掉金子的事情啊！古丽巴努姆说，这叫福气，没有办法。我想，咱们还是不管这事，那个艾塞提不好惹，走路的样子也很恐怖。玛穆提说，该说话的时候，还是要说几句。

三个月后，莎尼雅出院了。在弟弟玉山的帮助下，她回到自己的楼房住下了。第二天，玉山开车，带着姐姐来到了五十公里的恰木古鲁克村的森林公墓。她找到了马赫穆提前妻玛丽娅的墓碑，玉山把备好的小地毯铺在了青草地上，那些艳丽的小黄花看不见了。玉山请姐姐坐好后，自己坐在地毯上，虔诚地低下头，开始念经。玉山念完经，看了一眼姐姐。莎尼雅流泪了，清秀的眼睛更加可爱。玉山站起来，走出了公墓。莎尼雅静坐着，想，如果我二十岁的时候认识马赫穆提并嫁给他，和他生活在一起，我会是多么幸福满足啊！这时，她眼前出现了马赫穆提的双手，右手是金手镯，左手扶起她的左手，把手镯戴在了她的手上。他温暖的手，温暖的眼睛，征服了她绚烂的灵魂。莎尼雅平静地说，将来，我死后，也要和他一起睡这个墓穴。她站起来的时候，玉山从近处的大树后面走过来，收拾地毯，跟在了姐姐的后面。莎尼雅说，弟弟，记住，将来我死了，请把我和你姐夫葬在一起。

周末，伊力多斯啤酒带着老婆去看莎尼雅的时候，莎尼雅抱着帕提满，颤抖着哭了。帕提满安慰她说，一切都过去了，都是真主的旨意，活着的人，要活好。伊力多斯啤酒说，回家吧，我们还是好邻居。家里的事情，想必您听说了，回去住吧，您是法定的继承人。莎尼雅说，我不想继承什么，只是这些孩子不能接受我。马赫穆提生前也讲过一些事情，但是我没有想到他们这么无情。伊力多斯啤酒说，娃娃嘛，还是娃娃，他们的时间还不够，长高了还不行，要长智慧。回去吧，我们在一起过，马赫穆提不是一般的好人，他是懂什么是好，什么是坏的好人。我比不上他，他是真正胸脯上有毛的汉子。他的那些儿子，成不了气候。

莎尼雅在弟弟玉山和伊力多斯的帮助下，回到了她熟悉的院子。她请人粉刷房子，擦玻璃，买了一套新家具，买了几条新地毯，开始了她宁静的生活。院子里的花儿都枯死了，她补种了许多品种，几天后，嫩绿的新芽长出来了。她似乎看到了新的希望。每天都有朋友来看望她，更多的人是马赫穆提的朋友，他们都平静地安慰她，走的时候，内心里都为马赫穆提惋惜，说，这人生，总是好人命短啊。

艾塞提看到莎尼雅住进院子里了，内心极为痛苦，更痛苦的是没有找到地契和爸爸留下的一些重要的东西。他知道爸爸有些细软，上次抄家的时候没有找到，他怀疑是莎尼雅早早给藏起来了。如果地契找到了，他早就把院子卖了，也轮不到莎尼雅住进来，在他的痛处撒盐了。米娜娃儿的香抓饭又把兄弟们召集到漂亮的客厅里了，他们聚拢到小客厅里，开始密谋院子的事情。卖了，不是一笔小钱，五个脑袋十只眼睛分，也能分个几套楼房的钱，剩下来，一人搞一辆德国的好车，也是顺顺的事情。香抓饭吃完了，不要脸的手表走到了星星冒出来窥视大地的子夜，就在这个关键的时候，艾塞提想出了一个办法，眼睛一亮，心里踏实了。只是没有给兄弟们透露他的计谋。嘴巴里流出来的词儿是，天不早了，回家休息吧，明天继续研究夺回权利的办法。

第二天中午，艾塞提把在法院工作的朋友塔西请到河边景点，请他吃肉喝酒，把肚子里面的秘密倒出来了。塔西放下手里的肉，说，嗨，哥们儿哎，你太博麦斗[①]了，都什么时代了，能这样做吗？你以为这事儿像偷人家姑娘儿口那么容易吗？汉人有一句伟大的话，你要好好学习，这句话叫算了吧！这个莎尼雅你把她说臭了，她破鞋的时候你看见了吗？一个穆斯林，宣扬街上流浪的谣言，那才是罪过。你我怎么样？屁股洗干净了，精神能洗干净吗？用匕首刮也刮不干净吧！艾塞提说，那我们就这样放弃权利财富吗？塔西说，那么莎尼雅的权利呢？一天也好，一年也好，她毕竟是你的后娘啊！把你爹伺候好了，你爹高兴了，不也是你们的好事吗？生活就是这样的呀，你这个时代吃亏了，下一个时代就会赢的，如果今世没有情况，你的后代就走运了。艾塞提说，她这是伺候好了吗？要不是她嚷嚷着上山，爸爸会出事吗？塔西说，哥们儿哎，说话给嘴巴留条后路，时间是残酷的，恶念也是要受到惩罚的，这是报应的世界。幸福和灾难，都是前定的，人的嚷嚷，和苍蝇的嗡嗡，都是风的埋葬。你以为你的假遗嘱就

---

① 博麦斗，维吾尔语，意思是不行。

那么好过关吗？首先一条笔迹鉴定你就过不了关，那时候，就不是几个人骂你了。你把娘的家劫空了，没有听到人们骂你的那些话吗？艾塞提说，那女人怎么会是我娘呢？塔西说，记住，并且告诉你的孩子们，我们的老爹续娶的那个女人，就是我们的娘，人前人后，都是我们的娘。那个叫后娘的词儿，是说给自己的，那是要永远隐藏在肚子里的，肚子里面的事情，能随便拿出来让人看吗？艾塞提说，难道你不能给想点办法吗？塔西说，怎么会没有办法呢？问题是那些办法你用上了，脸上不好看呀。艾塞提说，这么大的事情，还顾脸吗？你给我讲几个和平一点的办法，我试一试。

艾塞提心不死，用讨来的办法把老五阿里木武装了一番，把他推到了前台。阿里木见到莎尼雅，勉强地，结结巴巴地叫了一声姐姐，就把哥哥教会他的那些意思，用自己的舌头说出来了。莎尼雅说，我现在还活着，死了以后才能离开这个家，你们没有权力对我这样。阿里木说，我们的意思是，您呢，住楼房比较方便，这么多的房子，您冬天怎么烧火啊！莎尼雅冷冷地说，兄弟，我呢，什么都不愁，你爸爸留给我的金银财宝，够我烧几辈子！

这一次，艾塞提带着一个预谋好的新玩法，见到了莎尼雅。出门的时候，艾塞提要老婆米娜娃儿陪他一起游说莎尼雅，米娜娃儿挥着手，瞪着眼睛，粗暴地拒绝男人。

说，我出去要饭，也不跟着你去干这事儿。我脸薄，经不起街坊朋友敌人们的咒骂。艾塞提说，你现在和我不一条心了。米娜娃儿说，你现在还有心吗？艾塞提说，为了你们，我的心早已分裂了。米娜娃儿说，不是为了我们，是为了蛊惑你的魔鬼。艾塞提见到莎尼雅，没有叫姐姐，像刚从冰窖里出来的人一样，冷冷地问了一句好，就开始玩他的心眼儿了：请你理解，这不是我一人的意思，兄弟们意见大。莎尼雅说，好兄弟，现在，在没有你爸爸的遗嘱之前，这个院子归我说了算。这非常简单，几千年来都是这样。你们拿不出遗嘱，我才是真正的继承人。按照你们的逻辑，你们把院子卖了，分成六份，一份给我，是你们对我的恩赐了。但是在潜在的逻辑里，你们就真正地欺负我压榨我了。我没有这么一点脑子，你们那么智慧的爸爸会娶我吗？记住，我是有名分的人。你一心想霸占这个院子，可是你的诡计不够，比如说你应该有一个能蒙住我的招数，你才能实现愿望。记住，我是拿钥匙的人，不是你们爸爸请来做佣工的钟点工。我再把话往回说，我不是垂涎这个院子，而是看不起你们这些娃娃的心胸。这院子不是我的，如果我占有它，受辱的也是我祖辈的名声。我和你爸爸成家的时候，你们没有参加庆典，后来我发现你们对父亲有意见，说让我替代了你们母亲的位置。我就觉得你们很稚嫩，大人的脑袋，娃娃的肚子。这可能吗？我只是你们父亲生活的一个补充。说我自己一句，我这个年龄，我不想和一个与自己年龄相仿的人手拉手吗？因为我的年龄不允许我选择，我是被动的，我手里没有鲜花。而你父亲，是我遇到的最殷实的男子汉，我感到幸福。他的脾性、气质、人品、心胸，都在众多的男人之上，是我做人、生活的老师。我崇尚他的人格魅力。我感到悲哀的是，在你们的身上，为什么没有这些东西的影子呢？一只白羊不可能生下一只黑羊，你想过这些事吗？关于这个院子，你正当地拿出你爸爸的遗嘱，他给你了，我站着就走人。我嫁的是人，不是院子，而且，在街坊朋友面前，我要脸。脸这个东西比财富还要金贵，今后的生活，全靠脸的支撑。

艾塞提把脸拉下来了，说，你是说，我没有脸吗？莎尼雅说，脸不是在你的头上挂着吗？艾塞提说，你这个女人，把我的爸爸骗到手，诱到山上弄死，赖着不走，你不害臊吗？莎尼雅说，我倒觉得自己很光彩，因为我能和你这样混蛋的小宝宝抗争。我看你这个娃娃大脑里有虫子，我怎么会弄死你爸爸呢？今生今世，你会为这句话流血的，如果真主没有时间与你清算，你的后代一定会付出代价，你不是你爸爸的儿子，你爸爸身上最臭的地方也比你身上最有人味的地方好。艾塞提说，我最后再给你半个脸，我可以给你买一套楼房，你体面地走人，如果你继续贪婪固执，我明天就处理这个院子。莎尼雅说，我知道，狗总是要咬人的，你可以继续疯狂。艾塞提恶狠狠地看着莎尼雅，张开嘴，准备说什么，但又不甘心地闭上了。

黄昏覆盖了温馨的大地，朦胧的薄雾神秘地飘舞，栖落在路边的白杨树叶间，倾听绿叶在正午的光热里吸收在叶脉纹路里的讯息；又覆盖在庭院苹果树上累累的果子上，享受果实的清香。没有风，空气像原始人类舒缓的呼吸，滋润路人的心肺。艾塞提的老婆米娜娃儿和再娜甫女士从神秘的薄雾里走出来，来到莎尼雅的院门前，敲开了大门。

莎尼雅迎了出来，她和客人们贴脸问候。客人们看不到各自的表情，已经完全覆笼大地的黑暗，把她们领进了客厅。客厅里不再像以前那样堂皇，那些高贵的地毯被凌辱后，客厅也失去了往日辉煌。

客人们走进客厅的时候，莎尼雅借助灯光，看到了米娜娃儿和陌生客人脸上的友好光芒，顿时自己脸上也有了暖光。米娜娃儿把手里的餐布放在桌子上，说，带了些烤包子，是买地利斯清真寺跟前那个巴克阿洪的烤包子，还热的呢，我沏茶，咱们一起吃吧。而后，她把再娜甫介绍给了莎尼雅：这位姐姐叫再娜甫，是我们已故母亲玛丽娅的挚友，今天是特意来看你的。莎尼雅说，欢迎大姐。再娜甫首先为马赫穆提的过世表示过哀悼后，做了自我介绍，说自己曾经是挚友玛丽娅的同学，是从童年时候起的挚爱朋友。

这当儿，米娜娃儿麻利地用电热壶烧水，泡好热性药茶，端出来，从漂亮的土耳其花纹餐布里取出烤包子，整齐地摆在俄国造的黄色圆盘上，往漂亮的小茶碗倒上好茶，请客人和莎尼雅吃热包子。米娜娃儿之所以轻快，暗藏的小逻辑是，我是这个家的媳妇，我是一个懂规矩的女人。

莎尼雅最后抓了一个烤包子，清香的肥肉味和洋葱味，开始在客厅里飘荡。莎尼雅说，巴克阿洪的手艺就是好，同样的东西，在他的手里就是清香迷人。米娜娃儿说，他是一个虔诚的穆斯林，做事认真，烤包子才香。

再娜甫吃完烤包子，与米娜娃儿交换了眼色，看着莎尼雅，说，马赫穆提的过世，给你带来的痛苦，我是可以体会到的，十年前，我丈夫因病离开了我们，灵魂的痛苦，时间也不好治愈，我们只能顶着伤痛坚强地活着，您要保重身体。莎尼雅说，是的，要坚强地活着。再娜甫说，我今天是特意为一件事来的，我和玛丽娅是私密的肝脏朋友，我们无话不说，马赫穆提也非常了解我们。三年前，我小儿子结婚买房，我们遇到了困难，和马赫穆提借了十万块钱。现在我们把钱准备好了，今天交给您吧。莎尼雅沉默了，把视线移到了米娜娃儿身上。米娜娃儿看懂了莎尼雅的眼神，说，嫂子，钱您收下吧，爸爸不在了，一切自然由您做主了。再娜甫从包里取出一黑色的塑料袋，从里面取出一捆钱，放在了莎尼雅的面前。说，整十万，您点一下吧。莎尼雅有点不自然了，说，这钱，怎么说呢，是以前的事情，还是米娜娃儿您收了，交给艾塞提处理吧。米娜娃儿说，嫂子，千万不能这样，这艾塞提，现在可是两个眼睛不够用了，不能让他掺和这些事情。米娜娃儿抓起莎尼雅面前的钱，装进黑色的塑料袋里，放进了抽屉里。莎尼雅说，也好，我先存着吧。再娜甫说，谢谢你们，在我们最困难的时候，马赫穆提帮助了我们，我们不会忘记你们的好心。

米娜娃儿从包里取出一包东西，麻利地拉开抽屉，迅速地放了进去。莎尼雅说，是什么东西？米娜娃儿说，是您的东西。莎尼雅说，我看一下，是什么？米娜娃儿麻利地抓住了莎尼雅已伸向抽屉把手的右手，说，我走了再看吧。听到这句话，再娜甫站起来了，说，不好意思，我上一下卫生间。莎尼雅说，您请，左前方就是。再娜甫走后，米娜娃儿说，嫂子，怎么说呢？我们家的艾塞提，在这件事上，变成了别人家的艾塞提，那张脸还是他，但说出来的话和做出来的事情，是另外一个人。您上次住院的时候，他从您这里把您的首饰盒拿走了，这简直不是一个男人干的事情，我和他之间的难听话，我就不说了，我把您的首饰盒拿来了，您收好，我也就心宁了。莎尼雅说，没什么，那些东西，你用我用，都一样，那些闪光的东西，是嘴脸的装饰，不是灵魂的装饰。再娜甫从卫生间里出来了，坐在米娜娃儿跟前，看着莎尼雅说，您一人，今后的日子会很孤单的，最好能收养一个孩子。莎尼雅没有说话，她沉默了。在嫁给马赫穆提以后，她想要一个孩子，现在，这已经不可能了。

第二天上午，来了两个西班牙斗牛一样壮实的汉子。他们下车，喘着气敲开了莎尼雅的院门。莎尼雅开门的时候，两个凶汉瞪着眼睛，说他们已经买下这个院子了，要她腾房子。莎尼雅把他们赶出了院子，“铛”的一声把大门关上了。两个壮汉开始猛烈地敲门。矮个儿壮汉说，这女人一大早没有吃上什么进口苍蝇之类的宝贝吧！

伊力多斯啤酒听到敲门声，从院子里出来，来到两个壮汉跟前，说，兄弟们，怎么这么大声音？世界末日了吗？矮个儿壮汉说，今天是这个疯女人的末日，这院子我们买下来了，这傻女人不开门。伊力多斯啤酒说，谁卖给你们的？矮个儿汉子说，是艾塞提。伊力多斯说，所以嘛，他没有权利呀，这家男人死了，院子留给老婆了。那个艾塞提，院里的麻雀一只，也没有权利卖。你们的把戏，你们自己知道，寡妇门前最好不要惹事，公家的警察现在是一个电话能来好几个。矮个儿汉子看了一眼伊力多斯啤酒，说，也是，我们先撤，委托律师来办吧。伊力多斯啤酒说，聪明，让律师来，律师不砸门，他们喊人。现在办事，靠打打闹闹是不行的，你有道理，所有的黑夜都可以变成干干净净的白天。

两个壮汉走了。伊力多斯回到院子里，坐在葡萄架下，使劲儿地咳嗽了几声，这是他叫老婆的一个习惯。但是帕提满不高兴他这个习惯，说，我有名字，你叫我的名字。伊力多斯啤酒不买账，肚子里面大丈夫的痼疾固执得自负，继续使唤他的喉咙，用咳嗽唤她。帕提满没有吭声，装着没有听见，唱着小曲，在廊檐上擦玻璃。伊力多斯啤酒大声地，带着那种不满的腔调又咳了几声。帕提满停下手中的活儿，看着男人，说，哦，好汉，咱们家的牛像是饿了，你去牛圈看看。伊力多斯啤酒说，你少来这一套，给我下来，有情况。帕提满说，昨天让你出去买肉，带回来的却是烂菜叶子，你还能有什么情况呢？伊力多斯啤酒说，你现在是牙齿脱落不争气了，不然我饶不了你，我的每一个情况都是能地震的！帕提满说，在梦里吗？伊力多斯啤酒说，你等着，我今天就收拾你，你叫哥哥都来不及。快过来，坐我怀里，给你说正事。帕提满说，老贼哎，你抱不动我啦，说说还可以。伊力多斯啤酒说，看在你门牙都为我牺牲了的面子上，我再饶你一次。好了，把马赫穆提寄存在我们家的那个皮箱子拿出来，我提上，咱们去见莎尼雅，还给她。帕提满说，时候到了？伊力多斯啤酒说，到了，刚才来了两个浪人，说他们已经把这个院子买下来了，要莎尼雅腾房子。我想，弄不好这个箱子里面就有马赫穆提备好的遗嘱。帕提满说，箱子很沉，弄不好里面还有玉石什么的。干脆你吞了算了，也没人知道。伊力多斯啤酒说，我要是说所有的女人都是引诱男人的毒蛇，那我就错了，但没了门牙的女人基本上都是那个。帕提满果断地打断了他的话，说，那个什么？伊力多斯啤酒说，就是那个没有毒液的可以好好玩的好蛇。帕提满说，你老贼现在是越来越鬼了，要注意你的嘴巴！

伊力多斯啤酒提着皮箱，和老婆子一起敲开了莎尼雅的院门。莎尼雅被泪水洗刷的睫毛亮亮的，可爱又伤痛。伊力多斯啤酒安慰莎尼雅说，一切都会过去，太阳会惩罚他们。帕提满说，把那些事儿从心里抹掉，现在的男人越来越坏，我们要自己救自己。伊力多斯啤酒说，不是所有的男人，比如说我就是一个优秀的男人。帕提满说，内心软弱的人，往往喜欢吹嘘自己。

莎尼雅把客人请到客厅里，开始沏茶摆点心。帕提满说，妹子，不急着喝茶，我们家这个优秀的男人，要给你说事。莎尼雅坐在帕提满跟前，抬头看了一眼伊力多斯啤酒。伊力多斯啤酒把手里的皮箱放在桌子上，从兜里掏出钥匙，放在皮箱上面，说，莎尼雅妹子，这是马赫穆提寄存在我家里的皮箱，我现在还给你。莎尼雅说，哦，皮箱，是怎么回事儿？伊力多斯啤酒说，你们结婚前三天，马赫穆提把这个皮箱交给了我，要我密存。莎尼雅说，有过什么交代吗？伊力多斯啤酒说，没有，只是委托我保存好。我想，里面可能有遗嘱什么的。听到这句话，莎尼雅明白了伊力多斯啤酒的用意，说，那就是说，这是一个很重要的皮箱了，如果这皮箱里果真有什么遗嘱，那算是真主护佑我了。谢谢你，伊力多斯哥。我猛然有了一个想法，这皮箱我还不能一人打开，我想把马赫穆提的弟弟玛穆提叫来，把我弟弟玉山也叫来，咱们五个人，当场打开这个皮箱，里面是什么就是什么，一起见证这个时刻。伊力多斯啤酒说，好！我同意！给他们二位打电话。莎尼雅站起来，来到窗台前，抓起座机话筒，开始给弟弟和玛穆提打电话。伊力多斯啤酒看着莎尼雅的背面，心里说了一句：这个莎尼雅，脑子好使啊。帕提满看着男人说，哎，优秀的男人，你是不是也背着我，在什么地方密存了皮箱铁箱？伊力多斯啤酒说，我都变成你的放大镜了，能有什么秘密呢？

莎尼雅开始给客人倒茶的时候，弟弟玉山和玛穆提赶到了。伊力多斯啤酒握住玛穆提的手说，兄弟好，来得及时，坐。大家坐好后，莎尼雅让伊力多斯啤酒把情况讲一下。伊力多斯啤酒说，你说好，你能说清楚。莎尼雅向弟弟和玛穆提说，匆忙地请你们来，是为了大家一起打开这个箱子。莎尼雅把情况讲了一遍，随后把皮箱的钥匙递给玛穆提，说，你开吧。玛穆提说，哦，是这样，这合适吗？莎尼雅嫂子在呀！这不妥，还是嫂子开吧。莎尼雅说，玛穆提，你开吧，你是最好的人选。玛穆提说，不行，让玉山开吧。玉山说，都一样，还是你来吧。伊力多斯啤酒说，兄弟，开吧，你可以代表你哥哥。莎尼雅说，我又想起来了，要不要叫艾塞提来？玛穆提说，让那小子先臭着吧，他还是他爸爸的儿子吗？！

玛穆提从莎尼雅手里接过钥匙，打开了皮箱。皮箱里面是一个小铁皮箱和一个棕色的皮包。玛穆提首先拿出皮包，说，嫂子，你开包吧。莎尼雅说，还是你来吧，你合适。玛穆提说，那我就来吧，以万能的真主的名义。玛穆提把皮包拉过来，念了一段经文，抓住包链，把包拉开了。包里面是一个黑色的手包，玛穆提拉开了手包的拉链，把包里的东西弄了出来，是一沓写有文字的纸张。玛穆提把纸打开了，里面是一张银行卡。玛穆提说，是哥哥的遗嘱。伊力多斯啤酒说，有遗嘱就好，谁也不敢乱来。玛穆提把遗嘱递给莎尼雅，说，你看一下。莎尼雅接过遗嘱，仔细地看了一遍，把遗嘱放在了玛穆提面前。帕提满看着男人说，他爹，我们的任务完成了，咱们走吧。伊力多斯啤酒说，对对，我们该走了。莎尼雅说，请你们不要走，玛穆提把遗嘱念一下，大家都知道这件事情。完了把这个小铁箱也打开，大家都做一个见证人。伊力多斯啤酒说，这样也行，邻居嘛，该知道的事情耳朵还是要长一点，丰富一点。帕提满笑着，秘密地瞪了男人一眼。玛穆提说，遗嘱嘛，应该是家庭极为私密的事情，哥哥走得突然，嫂子又有这个要求，那我就念了。遗嘱是手写的，玛穆提咳了一声，字字句句地开始念遗嘱：

遗　嘱

立遗嘱人：马里克之子马赫穆提

前面我要简单地说上几句，从严格的意义上说，现在还不是我立遗嘱的时候。但是我决定续娶我生命的伴侣莎尼雅的时候，我的儿子们肚子里有意见，开始敌视我，埋葬了我对他们的养育，不能理解我孤独的生活窘态。好日子里面也有坏日子，和莎尼雅结婚前，我觉得有必要留一遗嘱，一旦真主召唤我离开这个人世，我的儿子们就会闹腾莎尼雅，这是不道德的事，和尿祖坟没有区别，因而我必须留下这个遗嘱，用这种残酷的办法，拯救我的骨肉，最重要的是拯救他们的精神意识，也是拯救我的子孙。

1. 我的五个儿子和子孙们，是延续我灯火的希望，是他们的母亲留给我最伟大的礼物。

2. 他们的出生，童年，成长道路上的美好和甜蜜温馨，都是我一生最鲜热的生命记忆和营养。

3. 我是一个称职的父亲，我把你们养育成了一个个强壮的男子汉，给了你们健康和文化，大学毕业后，都有了工作，这是我的骄傲；我也是一个不称职的、失败了的父亲，没能把你们培养成一个个有情谊、懂人性的，能看见看不见的东西的男人，这一点，我没有下功夫。我认为安逸富裕的生活，会让你们洞悉生命生活中阴暗、颓废，能做不能说，能说不能做的事物，实际上我错了，我过于自信了，时间最后惩罚了我。当我需要你们在精神上暖我一脸的时候，你们放过来的东西是一群群苍蝇。我认罚。

4. 关于我的财产，我不留给你们任何东西，画有一铜板的一张朽纸也不会给你们留下。我把你们养大成人，给你们娶了女人，买了楼房，我不欠你们什么了。你们要记住这一点，当你们的孩子们背叛你们的时候，你们同样也能用得上这个丑陋的办法。

5. 这张银行卡里有两千万元，一千万是莎尼雅的生活费，另一千万的用处我还要说，卡的密码是我的生日，莎尼雅知道我的生日；二十八块玉和玛丽娅留下的玛瑙，莎尼雅处理，所有的权利在她手里，我已公证这个遗嘱，要法律保护莎尼雅的权利。

6. 如果这几天我能娶上莎尼雅，以后我的生活中有什么变故，我唯一的要求是，请求莎尼雅把在蓓蕾孤儿院学习的艾丽菲亚接回来，代我抚养，送到好学校学习，懂人事。这是我留给莎尼雅和家族的一个丑陋和累赘，那个一千万，请用在艾丽菲亚的生活、读书和将来嫁人成家的事情上。艾丽菲亚的入院手续在皮箱的小兜里，请莎尼雅全权负责这件事情。我请求真主宽恕我，一个男人看不见的嘴脸，才是他真正的敌人。我信得过莎尼雅，她是真主赐予我的好女人。

7. 我希望我的儿子们，在人世间白天晚上的事情上，都能比我纯洁智慧坚强，把名声也算作财富，留给儿子们。

玛穆提念完遗嘱，把稿纸放在了莎尼雅面前。大家沉默了。最让伊力多斯吃惊的内容是，他的知己马赫穆提竟还有一个叫艾丽菲亚的秘密。这么多年来，净事脏事，他们都是在一个缸里搅和，竟不知道马赫穆提肚子里面还有一个小肚子。玛穆提说，剩下的事情，咱们再商量吧。莎尼雅说，把铁箱也打开吧。玛穆提说，那就让玉山打开吧。莎尼雅说，好吧，玉山，把小铁箱打开。玉山从皮箱里拎出铁箱，打开精致的盖子，把铁箱推到了桌子中央。玛穆提说，数一数看。玉山开始数玉石，几乎都是同样大小的玉石，每块长十五公分左右。直径七八公分，透明，没有杂质，是一流的上品。那串古色的玛瑙在玉石的中央，厚重高贵。玛穆提抓出一块玉，翻着看了几眼，说，都是一流的东西。莎尼雅抓出玛瑙，左右看了看，说，这东西有年代了，我奶奶也有一串这种玛瑙，好几个收藏家都到家里看过，奶奶说什么也不卖，说是传家宝。伊力多斯啤酒说，这才是真正的家底，来福气的东西。玉山说，一共是二十八块。玛穆提说，好，嫂子，那就这样了，就这些东西了，遗嘱上哥哥说的也很清楚了，咱们就这么办了。咱们散了吧。

莎尼雅说，最后怎么办，咱们还要商量个办法。遗嘱就是遗嘱，但是这个遗嘱太残酷了，还是要让这个遗嘱有希望才对。这些东西，请玛穆提拿走保管着，有了处理办法后，就好说了。玛穆提紧张了，说，嫂子，这不合适，这会产生新的误会和矛盾的。现在你是这些东西的继承人，只能由你来保存。莎尼雅说，我不能留着这些东西，艾塞提现在完全乱了，如果你们把这些东西留我这里，可能明天我就没命了。伊力多斯啤酒说，没有那么残酷。一直没有说话的帕提满说，莎尼雅说的有道理，这几天艾塞提的眼睛乱了，脑子里只有财富，还是叫玛穆提把东西带走吧。玉山说，我同意，玛穆提保管着最好。莎尼雅说，我的意思是这样，过几天咱们再商量，就这么执行这个遗嘱是不合适的，我在想一个办法，通过这个机会，怎样让孩子们围在爸爸的灵魂里忏悔，才是我们最大的智慧和积德。积德，是穆斯林永恒的目标，在仇视和苦痛的日子里，我们不能忽视放弃埋葬积德。我们要有具体的办法，我们是长辈，我们应该是正道的领路人和旗帜，我们要想出一个能笼络他们的办法，拯救他们的精神。

玛穆提勉强地提着皮箱走了。莎尼雅独自一人在咬嚼遗嘱的内容。直到今天，她都觉得马赫穆提是一个镜子一样透明的人，刚才听到遗嘱内容的时候，她的内脏基本上都粘贴在一起了。她不能相信自己的耳朵，她感激男人对她的极大信任，而那个叫艾丽菲亚的孩子的讯息，让她一时喘不过气来。因为她知道，这种麻烦，常常在时间的搅和折腾下，会派生出新的丑陋和恶之花。她意识到，这个谜团，有可能是她今后生活中的头疼和刺激。她躺在床上，看着土耳其绣花窗帘，开始腹算处理那些东西的计划。漂亮的窗帘变成了聪慧的智者，那朵朵绣花变成了天下辛辣绝美锐利的修辞，窗台上的塔兰奇花，在窗外神秘黑暗的催眠下，收卷花瓣，开始游梦它们的祖先最早在山野里的野性绚烂。

莎尼雅把灯灭了，在黑暗里，她闭上眼睛，开始在意识的航船里，寻觅马赫穆提留给她的光明。她看到了自己崇尚的星星，她的童年从群星的光环里脱落出来，围聚在她的胸前，为她回忆往日的童话在她成长的长路上为她铺设的花路，而后为她敬献玫瑰的是她的少年时代和青年时代，那些沙枣花一样迷诱心灵的日子，开始舔吻她的前额，马兰花一样亲切单纯的时光，把从前无数个月光之夜还原在她的意识里，支持她的哲学，在活着的人群中间播种玫瑰，播种橄榄树，播种支撑信念护卫信念的正道。神奇的星星，开始温暖她的哲学条文，她心中的月亮，照在古老的和田桑皮纸上，豪迈地书写她的意志和马赫穆提充满伤痛的意念。光荣的和田桑皮纸睁开了眼睛，说，存在是光明的，浑浊的，颓废的，但最终是酝酿希望放飞希望的砥柱，人的光明是最早的绚烂和永恒的正道之源，书写光荣的灵魂，同样也是我的骄傲。最终，她精神田野里的遗嘱，睁开了眼睛。

黎明缓慢地睁开了眼睛。辽阔的时间借助黎明的激光，唤醒万物的意志，神志的眼睛们和自在的眼睛们，开始在辽阔的光线里寻找自己的前定和命运。一大早，艾塞提就带着老四外力，来到了莎尼雅的院子。他没有进屋，也不坐，脸色像百年前乡戏里混痴的刽子手，眼睛像凝固的铅疙瘩，飓风似的嚷嚷开了。莎尼雅说，兄弟，我明白了，给我三天的时间，我搬家。艾塞提说，谁是你的兄弟？找准你的兄弟再叫兄弟！你是一天比一天不要脸，前面你要是搬了，还能捞个楼房，现在，什么也没有了，你还玩什么三天你？我老子死了，你还赖在这里干什么？你的这个装修脸不是树皮吧？我一天时间都不给你，现在就走。外力说，带着你的破烂，快走吧！莎尼雅说，你们这么无耻张狂，就没有人治你们了吗？艾塞提说，我们是要回我们的权利，谁治我们？你不走，我们就锁大门了，你想走也走不成。莎尼雅说，你们不怕公家的人吗？艾塞提说，院子是我们的，我们怕谁？莎尼雅说，你们不怕真主的惩罚吗？艾塞提说，弄不好真主惩罚你呢？我老子都死了，你赖在这里不是孽障吗？你走不走？莎尼雅说，我要准备呀，说走就能走吗？外力说，怎么不能走？你以为是嫁人吗？我帮你往外扔破烂不就行了吗?！莎尼雅说，外力，你不能想说什么就说什么，嘴巴是你的，时间审判的时候，鞭子就不是你的了！那时候火鞭不会抽在你的嘴上，你的灵魂流血的时候，你今天的邪气，就是你在地狱的火房。外力说，卖什么嘴皮子你，滚！艾塞提说，你不走，我们锁大门。莎尼雅说，你们锁吧，但是你们锁不住正道！外力从包里取出两把大铜锁，看着艾塞提说，哥，咱们走，我上锁。让这娘们儿看看我们的厉害。艾塞提说，走，咱们出去，上锁。莎尼雅站在原地没有动，艾塞提走到大门前的时候，伊力多斯啤酒打开门，把伊玛目阿訇请进了院子。伊力多斯啤酒说，您屋里坐。伊玛目阿訇问候过大家后，转身，尖锐地看了一眼顿时窘困了的艾塞提。

艾塞提看到伊玛目阿訇，惊了一眼。脑子立马有了反应：这是啤酒老贼要对付我的毒箭。莎尼雅退了一步，低着头，虔诚地向阿訇行过礼，大步侧迈过去，推开了客厅的门。伊玛目阿訇走进客厅，等大家坐好，举手祈祷。而后看了一眼顿时眼睛红润了的莎尼雅，说，妹子，身体安康否？莎尼雅忧伤地说，还好。伊玛目阿訇说，会好起来的，在生活的某些光照里，真主会让我们赶不上，但真主不会让我们持续颓废痛苦流泪，好日子是非常多的，但有的生灵看不见好日子，他们不是没有眼睛，他们是没有信仰和灵魂，这等人往往是火狱的朋友。伊玛目阿訇看着艾塞提，说，兄弟，爸爸走后，对你们的妈妈莎尼雅女士，照顾得怎么样？艾塞提愣住了，他没有想到阿訇大人会这样问他，他振作精神，说，好。伊力多斯啤酒说，好什么好，你们刚才在院子里威胁辱骂莎尼雅的话，我隔墙都听到了，你们赶莎尼雅出门，要接管院子，你们还是爸爸的骨肉吗？艾塞提说，哥哥哎，这不是我们家的事吗？

伊玛目阿訇说，哪个是你们家的事儿？你们家的事儿就没有正理了吗？你想独吞院子的事，我听说了，这生活区里这么多的穆斯林，如果不鄙视反对你的行为，他们会把你的虐行告知我吗？你灵魂里面的图案就是，你占有这个院子，四个兄弟你散点银子打发，满足你的贪欲。你看，这些事，你前额上都写着呢！你认错吗？艾塞提说，爸爸没有留下遗嘱，这院子自然是我们的了，现在我们收回，也属正当啊！伊玛目阿訇说，什么叫正当？你现在跪下来给你妈妈赔不是才是正当。娃娃，你陷得太深了，你以为这天下天天是太阳吗？你父亲走了，你没有发现死亡吗？死亡不是结束，是启示。因为死亡带不走血脉，死亡教会我们和谐。你为什么学不会和谐呢？你跪拜孝道的时候，你子孙的背后是光明的正道，你跪拜贪婪的时候，你背后可能是一沟沟泥潭，正道不是清者自清，浊者自浊，清浊不是自在的水磨，剪修毒瘤的剪刀，不仅仅在时间的手里，重要的是在每一个渴望正道维护正道的心灵手里，你为什么不觉悟呢？孩子，一个人的诅咒有可能是嗡嗡叫的苍蝇，众人的诅咒却是坚实的飓风暴雨。我看你这些年不是一日三餐，而是七八餐了，危险就来自这里。回家，你好好饿上几天，你就能回到你的从前。艾塞提没有说话。

伊力多斯啤酒说，娃娃，听见了吗？艾塞提阴冷地说，听见了。伊玛目阿訇说，你要是没有听见，我还有一个办法，可以让你的眼睛嘴巴都是耳朵，我可以通知你们五个兄弟居住的生活区的长老，穆斯林们不参与你们家的任何活动，过年过节拜年问候，婚丧嫁娶的事情也不参加你们的邀请，弃灭你们。那时候你们的家人，家族的老少都会反对你们，你们会有两种选择，一是在规矩里做人，找回你们的人味，二是从这个生活区里搬走，重新建立你们的人脉。伊力多斯啤酒说，兄弟，说话，幸福和灾难，都积聚在你的嘴唇上了，钱不要紧，人要紧。艾塞提瞪了一眼伊力多斯啤酒，说，我明白了。伊力多斯啤酒说，你小子放老实一点，阿訇有阿訇的办法，我也有我的办法，不信你等着瞧。

艾塞提和外力像输光了的赌徒一样回家了。送走伊玛目阿訇，伊力多斯啤酒的火儿上来了，向老婆帕提满说，这个艾塞提，已经是要钱不要脸了，烂到根子里了，在伊玛目阿訇面前也没个认错的样子。帕提满说，你管得多了，家里的私事，自古国王也是要装糊涂的，你把人家看得那么清楚，今后我们还怎么做邻居？伊力多斯啤酒说，这事不一样，他不能欺辱莎尼雅，我还有最后一招呢，帮助莎尼雅上法院告他。帕提满说，这样，你就英雄了。伊力多斯啤酒说，我的老奶奶，你还不知道我曾经就是英雄吗？帕提满说，知道，我曾经梦见过！

玛穆提和玉山接到伊力多斯啤酒的电话，迅速赶到了他的家。伊力多斯啤酒把情况讲了一遍，说，我的意见是，你们要想一个办法，把他鼻子上的瘤子拔出来，让他老老实实地听话。如果他继续疯狂，咱们帮莎尼雅打官司，让公家主持公道。玉山说，最好是内部解决。玛穆提说，咱们三人一起找莎尼雅吧，一起商量，把哥哥留下的遗嘱，复印几份，撂给他们，他们就没话说了。伊力多斯啤酒说，不一定，那个艾塞提，竟变成了这样一个人，看到他今天的疯劲儿，我就觉得马赫穆提的遗嘱一点也不残酷。

听完玛穆提和伊力多斯啤酒的意见，莎尼雅显得很平静。说，昨天我想了一夜，把解决的办法拿出来了。我用马赫穆提的名义搞了一个遗嘱，把马赫穆提给我的权利，都让给了他的孩子们。我不能一生都和他们别着。再往后，他们肚子里的虫子大了，就会出事。莎尼雅从抽屉里取出她写好的遗嘱，递给玛穆提，说，你们都看一下，我决心已定，完了拿去打印，发给娃娃们，由艾塞提打头处理，我们结束这场麻烦。玛穆提惊异地接过稿纸，开始读遗嘱的内容。坐在两边的玉山和伊力多斯啤酒把头靠过来，眼睛盯在了稿纸上的文字。伊力多斯啤酒看完遗嘱，摇了摇头，没有说话。玛穆提看完遗嘱，把稿纸递给了玉山。玉山说，姐，这不合适吧，你太伟大了也不行吧！玛穆提说，是的，这不公平，哥哥的意志一点没有了也不行。再说了，艾塞提是有野心的，他不会摆平的。莎尼雅说，那就是他的事情了，他的心玩火，倒霉的是手。伊力多斯啤酒说，我是外人，也想说几句，如果把权利都给了艾塞提，他们兄弟之间的仇恨会更大，这事就不会有什么句号，如果他搬来和我做邻居，我就卖院子走人，我不和这种人做邻居。玛穆提说，如果我们放弃权利，其结果是，艾塞提不会同意抚养艾丽菲亚的那笔钱，这笔钱必须留在嫂子这里。莎尼雅说，我不缺钱，就抚养一孩子嘛，我住自己的楼房，自己的日子自己过。这样处理，对我也是一个机会，我嫁给马赫穆提的时候，许多人说我的目的是暗算马赫穆提的钱财。这样一来，穆斯林们会看清我嫁的不是马赫穆提的钱财，而是他的热身热心。玉山说，姐姐再想一下，是不是急了一点，现在刀子在你的手里，一旦你有新想法了，再说话就是孩子的嘴巴了。莎尼雅说，我心里很明白，我也算是从死亡的魔床上回来的人，我要活出我的精神来，我不争金银，我要脸。玛穆提说，也可以，今天再放一天吧。莎尼雅说，也可以，明天叫艾塞提和他的兄弟们来吧，把遗嘱给他们，我就准备搬家了。

下午，莎尼雅和玉山一起来到了蓓蕾孤儿院。孤儿院在黑河边广阔的苹果园里。院长古丽麦尔艳是一个四十多岁的女人，高个儿，前额突出，嘴巴大，胸脯平平，和她的个头儿很不相称。莎尼雅礼貌地见过古丽麦尔艳院长，把艾丽菲亚的入院手续交给了她。院长看过证书，说，我明白了，您是这女孩儿的什么人？莎尼雅说，我是马赫穆提的遗孀，是我男人留下遗书要我照顾艾丽菲亚。院长慈祥地看着莎尼雅说，您有那个遗书吗？莎尼雅从包里取出玛穆提给她复印的遗嘱，交给了院长。院长看完遗嘱，说，不好意思，我不应该看其他的内容。你是想把孩子领走吗？莎尼雅说，是的，今年孩子刚好七岁了，该读书了。院长说，是的，读书的事情，我们已经考虑好了。如果你要领人，还要补一些证明：一是你单位的证明，二是你要收养孩子的申请，三是担保人，四是遗书的复印件，只复印有关孩子的部分。莎尼雅说，我明白，我把这些手续办好，来找你。我想问一句，这孩子是有父母呢还是？院长看了一眼莎尼雅，说，不清楚，孩子是马赫穆提先生送来的。莎尼雅说，是哪一年？院长说，三年前。莎尼雅说，噢，是这样。那好，我回去准备证明吧。我能看一下孩子吗？院长说，可以，跟我来吧。

她们在阅览室找到了艾丽菲亚。艾丽菲亚正在画画，是一只小猫，胡子画得很长，莎尼雅看着笑了，觉得是一个有灵性的孩子。海丽古丽老师来到院长跟前，给她介绍艾丽菲亚的情况。说，艾丽菲亚很聪明，会写自己的名字了，数字可以数到 100 了。院长摸着艾丽菲亚的头，说，好，孩子的姐姐来看她了，让她们单独待一会儿吧。院长和海丽古丽老师出去了，莎尼雅坐在椅子上，抱起艾丽菲亚，温柔地在她细嫩的脸蛋上亲了一口，说，好孩子，喜欢姐姐吗？艾丽菲亚点了点头，没有说话。莎尼雅喜欢上这个孩子了，连眉，大眼，圆脸，南疆人脸型，前额宽大，看着很顺眼。莎尼雅想，我应该破译这个密码。临走，莎尼雅把手里的包留给了艾丽菲亚，说，里面有红枣和核桃，和多斯提[①]们一起吃，我还会来看你的。

莎尼雅走出阅览室，看见院长和海丽古丽在桑树下说话。院长看见莎尼雅，走过来，说，艾丽菲亚还可以吗？莎尼雅说，很乖。海丽古丽老师插了一句：很聪明，喜欢画画，血脉里可能有这个东西。莎尼雅看着院长说，谢谢你们，我走了，我会尽快地把需要的证明办好的。海丽古丽和莎尼雅道过再见，留下了。院长说，我送你到门口。莎尼雅说，谢谢。你们这里树太多了，都是大树，空气好。我以前没有听说过这个孤儿院。院长说，您现在知道了，以后就会喜欢上我们这个孤儿院。因为我们有一个口号，所有的孩子，都是我们的孩子。在父母身边公主王子一样成长的孩子们，和在我们身边滋润我们爱心长大的孩子，都是我们的孩子。他们现在有可能是我们的麻烦，而将来是我们的希望。莎尼雅说，您说得太好了，很高兴认识您。听您的口音，您好像是北疆人。院长说，是的。莎

---

① 多斯提，维吾尔语，意思是朋友。

尼雅说，北疆好，水多，树多，漂亮，像绚丽的和田地毯。院长说，你去过北疆吗？莎尼雅说，去过，去过伊犁和阿勒泰。院长温和地说，是的，那些地方是后花园一样温暖的家园。莎尼雅麻利地从手腕上取下精美的金手镯，送到了院长的手里，说，留您一个纪念品吧，感谢你们这些年对艾丽菲亚的照养。院长收回笑容，把手缩回去了。说，您这是怎么回事？这是我们该做的事啊！您走好，不要客气。莎尼雅仍那样大方地说，我们是第一次见面，我只是想和你交个朋友。院长说，我喜欢交朋友，有朋友的人，白天可以看见晚上的事情，晚上可以看见白天的事情，朋友自古伟大，而金子，往往是朋友的累赘，有的时候会蜕变为敌人。汉人有一句话我很欣赏，朋友应该像泉水一样透明干净。莎尼雅笑了，但是把目光从院长的眼睛里移开了。说，说得好，咱们以后再谈吧，您是一个很实在的朋友。但是，我的金子是干净的，我只是欣赏您的才能。

在苹果树下等候姐姐的玉山，看见姐姐走过来的身影，把车开到了她的跟前。莎尼雅上车后，从后视镜里看了一眼留在大门前的古丽麦尔艳院长，她脑海里开始浮现院长刚才辣椒一样凝视她的影像。院长放出来的信息说，好姑娘，每一个孤儿的隐私也是他们的生命，扰乱他们的前定是不合适的，你的金手镯不可能破译吞吃收买我们的规矩，金子不是正道的秤砣，人心才是大地恒久的天平。

第二天上午，在莎尼雅的坚持下，玛穆提通知艾塞提，带着兄弟们来了。莎尼雅的位子是玛穆提安排的，她坐上席，平静地倾听玛穆提宣读她重写的遗嘱。按照莎尼雅事前和玛穆提商量的意思，玛穆提简要地介绍了遗嘱的来历。而后伊力多斯啤酒站起来，把马赫穆提生前要他保存皮箱的事说了一遍。最后，玛穆提一字一句地念完了莎尼雅一手书写的遗嘱。

在玛穆提开始念遗嘱的时候，伊力多斯啤酒一直在观察艾塞提的神态。几分钟几十分钟的尿尿时间里，那些名词和动词，把他变成了另外一个人。眼睛变成了激光，开始温暖他的弟兄们。自从爸爸马赫穆提决定续娶女人的时候起，他就没有这么高兴过。伊力多斯啤酒心里骂了一句：牲口的第五只脚一样丑陋的东西。

莎尼雅扫了一眼艾塞提。艾塞提脸上的人气也出现在兄弟们的脸上了。老二艾力舒缓地出了一口气，老三海米提的笑容已经爬到额头上了，蚯蚓一样丑陋的皱纹也开始发亮了，老四外力傲慢地哼哼了几声，老五阿里木干脆把心里的高兴说出来了：真主是万能的，自古钱财和垃圾污水是一路货，我们争的是人格志气，一个保姆女人想埋葬我们，这可能吗？突然，玛穆提的巴掌飞了过去，响亮地落在了老五阿里木的左脸上。阿里木倒下了，艾塞提迅速站起来，挡住了玛穆提，说，叔叔，其实，你最想打的人是我。玛穆提说，阿里木有救，我才打他，而你，已经死了，我不能污染我的手。艾塞提说，你给我们念了这么伟大的一个遗嘱，我还能死吗？玛穆提说，你走进黑暗的时候，你感觉不到自己的死亡。伊力多斯啤酒插话了，阿里木小弟弟，你不是你爸爸尿出来的吗？你连你爹的一点味道都没有啊！你的嘴，是吃狗奶长大的吗？这是什么地方？至少你爸爸的灵魂还在这个屋子里呀！艾塞提说，我们家里的事情，你最好不要掺和。玛穆提站起来了，说，艾塞提，你真是一条毒蛇啊，上天会割你的舌头！

众人都沉默了。最后莎尼雅站起来了，她看着艾塞提说，那就这样吧，这件事就结束了。皮箱里面的东西你们拿走，按照遗嘱上的说法，你们点清楚。明天早晨我就搬家，院门不锁，你们过来接收就行了。你们还有意见吗？艾塞提说，现在没有，有意见我们会去找你。莎尼雅说，好，我随时欢迎你们。

艾塞提提着皮箱，走在了前面。兄弟们跟在他后面，走出院子，打开自己的车门，跟在了哥哥的车后面。只有莎尼雅出来，把他们送到了院门前。她说再见的时候，没有人理她，都开着车离开了院门。玛穆提走出客厅，来到莎尼雅跟前，说，这些娃娃没救了，一点人味都没有。莎尼雅说，人都会有疲软忏悔的一天，也可能是明天，明年，五年十年，这样的一天是会到来的，我信。如果他们不忏悔，他们的孩子们会忏悔的，什么样的一天都会到来的，但那不是世界末日。

莎尼雅第二天从这个亲切精美的院子里搬走了，她最后看了一眼葡萄架，黑珍珠和马奶葡萄精美地垂在油亮的藤下，点缀别墅的灿烂。莎尼雅回到自己的楼房住下了。一周后，找人帮忙，办好了收养艾丽菲亚的有关法律手续，从蓓蕾孤儿院领回了孩子。院长古丽麦尔艳说，积德行善，是没有镜子的事情，孤儿院的孩子们，是时间以外的蓓蕾，不要企图把他们画进我们的路线图里，命运的袋子不在我们手里，给爱，让他们学会爱，是我们至高的荣誉。

艾塞提在自己的家，宰羊，请兄弟们吃抓饭。老五在洁白的毛巾上擦过油手，说，我们终于胜利了，要回了属于我们的权利。如果我们不闹，那个女人会把爸爸留给我们的遗嘱交出来吗？老二艾力说，那个孤儿院的孩子，不会是爸爸的那么一次星星月亮吧？！老三海米提说，这事就和我们无关了。艾塞提说，我想，这个老女人不简单，她一定留了一手，爸爸的那个邻居，那个伊力多斯啤酒老贼，什么事都知道，找个时间我想和他斗斗。老四外力说，怪了，爸爸怎么会把这么重要的遗嘱，交给这个老贼呢？阿里木说，那就是爸爸糊涂了，脸上看着好好的，神志已经紊乱了。外力说，这就对了，他心不乱，能把遗嘱交给一个酒鬼吗？会娶一个小破鞋糟践自己的名声吗？

艾塞提咳了一声，神秘地说，兄弟们，这几天一件事情冲进了我的脑海里，我以前听说咱爸还有一块三十多公斤的羊脂玉，是一流的东西，是妈妈给我说的，这宝贝以后就没有下落了。我想，弄不好爸爸把这个东西给那个女人了，不然，她会把皮箱交出来吗？阿里木的眼睛顿时亮了，说，对，那个宝贝一定在那个老姑娘手里，不然，她会交出皮箱吗？她要是把那玉石独吞了，也是我们的一大损失呀！哥，咱们都去，找那女人问问！剩下的几个兄弟也都开始嚷嚷了，说，要去问问！艾塞提的妻子米娜娃儿，在厨房里听到了他们的谈话，她解下围裙，走出来，说，艾塞提，你们也太狠心了，一个女人，嫁给一个男人，最后她成罪犯了吗？就那么一个石头，你们也不放过吗？艾塞提说，那是我们家的东西呀？！米娜娃儿说，是你们家的东西，怎么不在你的手里呢？艾塞提瞪了老婆一眼，说，肉汤手工面，知道怎么做吗？知道厨房在哪里吗？米娜娃儿说，一个人什么也不怕，是要出事儿的。

第二天早晨，艾塞提和兄弟们来到羊蹄市场，在吐尔逊毛拉克的羊杂碎店里要了两大盘羊蹄子和五个羊头，美美地吃了一顿早餐。当艾塞提喝口奶茶，开始吃第二只羊蹄子的时候，老板吐尔逊毛拉克坐在他对面的椅子上，整了整小胡子，说，哥们儿，有时间没有来吃蹄子了。艾塞提说，这宝贝不能经常吃，它可是高血脂高血压的好朋友。吐尔逊毛拉克说，这要看你怎么吃了，光吃不干正事，歪血压黑血压都会有。听说你们兄弟几个得了一大笔遗产，都传开了，莎尼雅女士太了不起了，把钱财都施舍给你们了。艾塞提说，你说是施舍吗？那是我爸爸的血汗！吐尔逊毛拉克说，是吗？那你爸爸怎么没有留给你们呢？艾塞提说，爸爸娶了小女人，脑子晕了一段时间。吐尔逊毛拉克说，这就对了嘛，莎尼雅女士不高尚伟大，能把财富还给你们吗？因为你们不知道葫芦里面的秘密呀！阿里木瞪了一眼吐尔逊毛拉克，说，你和那个女人有亲戚关系吗？吐尔逊毛拉克说，没有，我和她有良心上的关心。艾塞提说，良心，良心这个东西哥们儿可是永远也说不清楚啊！

他们走出羊杂碎店，来到了莎尼雅居住的小区。阿里木探听到的地址是海棠苑九栋二单元三楼右边的房子。兄弟五人站到门前的时候，站在前面的阿里木猛烈地敲门，从他粗暴的拳头下，响起了愤怒的声音。屋子里，莎尼雅从猫眼儿里看到了阿里木肥大的头，打开门，恶毒地说，我以为是警察呢。艾塞提说，不急，警察会找你的。他们走进客厅，满面横肉，刀子一样凶残的眼睛盯在了莎尼雅的脸上。艾塞提说，我们没有时间废话，咱爸生前有一大块羊脂玉，请你把这个东西交出来。莎尼雅没有说话，转身，迈几步，坐在蓝色的皮沙发上，鄙视地看一眼艾塞提，说，娃娃，还有什么事吗？艾塞提说，让你的歪嘴老实一点，我是决定你命运的人，把羊脂玉交出来。莎尼雅说，我不知道这件事，我知道的，都交给你们了，你们还是出去玩吧。阿里木跳到哥哥前面，说，你滚出去，我们要抄家。莎尼雅说，娃娃，老实一点，不要最后连嘴也张不开了。艾塞提说，你以为我们没有办法吗？到时候真正张不开嘴的人是你！莎尼雅说，你们都滚出去，想闹事，找你们的叔叔！她掏出手机，准备与玛穆提联系的时候，阿里木抢过她的手机，把手机扔到墙上，砸坏了。莎尼雅愣住了，她没有想到他们会这样对待自己，脸上的自信消退了。莎尼雅说，好，我滚出去，你们抄家吧。莎尼雅大步迈出了屋子。

阿里木开始翻东西的时候，老三海米提望着老大，说，不应该让那娘们儿走人，她会把叔叔叫来的。艾塞提说，快搜，没东西咱们走人，弄不好叛徒叔叔马上就到。老二艾力说，这个箱子是锁着的。阿里木说，哥，砸！艾力从厨房找出柴刀，砸开了箱子。箱子里面都是冬衣和秋衣，没有找到羊脂玉。艾塞提说，没有咱们就撤，叔叔来了就麻烦了。阿里木说，好，走吧。瞬间，几个人旋风一样消失了。

莎尼雅带着六名保安，出现在了屋子里。小胡子保安塔伊看到凌乱的屋子，说，我们来晚了，您先检查一下家里的东西，到派出所报案吧。莎尼雅说，不去了，我们还是内部解决吧。我不想把事情闹大，大家脸上都不好看。我麻烦你一件事，帮我打个手机好吗？塔伊保安说，您说号码。莎尼雅从包里取出蓝皮电话本，找出玛穆提的手机号，念给了塔伊保安。塔伊拨通了玛穆提的手机，把手机递给了莎尼雅。莎尼雅谢着，接过手机，只说了一句，眼泪就流下来了。莎尼雅说，是的，有事，请您来一趟好吗？

玛穆提赶到的时候，莎尼雅的哭脸已经很难看了。她开门的时候，玛穆提竟没有认出她来。他忧虑地坐在沙发上，说，出了什么事？莎尼雅咬着嘴唇，把情况讲了一遍，被蹂躏和践踏的动词形容词，在她伤痛的喉咙里颤抖着，被侮辱的眼睛里，已经没有了亮光。玛穆提说，我说过，你太宽容了，生活是几个河流的盐味，不是美好的想法，生活太善良了是不行的。你放心，我有办法治他们。这些孩子都是惯的，工作、娶女人，都是哥哥给他们送的，现在一个个都成恶心人了，一点人味都没有。莎尼雅说，我真的不知道那块三十公斤的什么羊脂玉。玛穆提说，我也没有听说过有这么回事儿，他们现在来劲了，你说得对，咱们还是自己解决吧，我有办法。

就三天的时间，艾塞提带着兄弟们闹腾莎尼雅的丑行，在圈子里传开了，每传到一个人的嘴里，那些残酷恶毒的形容词，开始发酵膨胀，不断地派生出更多熏臭的词语。当这些毒药一样的词汇传到艾塞提和他的兄弟们的眼睛里的时候，艾塞提在家里召集兄弟们，耷拉着眼珠，说，我们一定要找到这块羊脂玉。这时，老五阿里木从包里取出一份东西，蔫蔫地交给了哥哥艾塞提，说，好像到处都是这个东西，他们说是叔叔玛穆提发的。艾塞提接过材料，收住怒气，开始读材料。读完材料，艾塞提蔫了。老二艾力看到哥哥的样子，从他手里抓过材料，看了一眼，说，遗嘱，是怎么回事？是爸爸留下的真遗嘱？艾力看完遗嘱后，也沉默了。海米提抓过遗嘱，眼珠子盯在了马赫穆提的手迹上，老四外力把头靠了过来，二人开始细读马赫穆提留下的遗嘱。

这是玛穆提的第一招。他把哥哥留给莎尼雅的遗嘱复印了一百份，发给了亲戚们和圈子里面的朋友，让这个遗嘱自己说话。在遗嘱后面，他附了一份说明材料，把莎尼雅重写遗嘱的事情，详细地做了说明。也把自己散发这份真遗嘱的目的，向大家亮开了。

艾塞提的脸变成了洗碗水。神态上，这段时间公驴野马一样疯彪的气象看不见了，变成了像被人害着抽掉了生殖器的汉子，兄弟们也说不出话来了。很长时间后，苍蝇们闹够嗡嗡着飞出窗口以后，艾塞提从肛肠里憋出了一句话，兄弟们立刻浪人似的来了精神，阿里木说，对，大哥英明，就是这么回事，阿囊尼[1]！开什么玩笑！米娜娃儿在厨房里听到了男人从大肠小肠里憋出来的话，说，这个男人，从骨髓里就烂了！该洗脑了！昨天，玛穆提也给了她一份真遗嘱，要她交给男人，她看完真遗嘱，就压下了。她不想和男人理论斗嘴，不想破坏家的和谐，在这件事上，她遵循的规矩是不掺和男人的卑劣和贪婪，她的哲学是，谁玩火谁的手倒霉。阿里木来劲了，说，还是哥哥英明，这遗嘱是假的！让叛徒叔叔去折腾！海米提说，我也是这个想法，咱们不理他，东西已经在我们的手里了，别墅，哥哥已经住进去了，我们怕啥！艾塞提说，我也是这个意见，叔叔想用这个办法，把我们玩到他的锅里去，咱们不上当。

周末，艾塞提的朋友们请他到河边景点吃饭。饭后开始喝酒的时候，胡希塔尔要了两瓶烈酒，海尼说，哥们儿哎，四人两瓶多了吧！沙拉穆说，不急，最后咱们还得加两瓶。天禽野味的时代，一人不折腾一瓶，还儿子娃娃嘛？胡希塔尔说，那种喝法，像我们这样的穷人可以，像艾塞提这样的人造贵族就适应不了。艾塞提说，今天我陪大家喝好，喝到耳朵自己说话为止。胡希塔尔说，可不能

---

① 阿囊尼，维吾尔语，骂人话，意思是你妈的。

这样，自己说话的东西多了，嘴和嘴不一样，有的嘴不只是脏，而且极不要脸，所以还是少喝一点，不要让身上太多的东西都嚷嚷了。海尼说，咱们先开喝吧，酒这个东西，情绪好了，热老婆的奶茶一样往里流，舒服着呢。沙拉穆说，咱要的烤肉还没有上呢？艾塞提说，喝酒就是喝酒，烤肉吃得多了，酒的味道就没有了。胡希塔尔说，还是有钱的人聪慧，听老辈人说，他们那个时候就是苹果下酒，越喝越舒服。咱们今天是公家的喝法，一人一杯，今天喝酒，由头是我刮脸了，海尼要我请客，再说，这几天身上有几个不要脸的钱，老婆不知道，用了也舒服。胡希塔尔把三杯酒送到朋友们手里，自己留了一杯，说，干了，老辈人说，除了死亡以外，一切都是游戏。咱们今天游戏游戏，如果有良心的人，哭也行。大家笑了，喝完酒，把杯子还给了胡希塔尔。海尼说，还没有醉，还没有回家，老婆还没有开骂，就哭吗？胡希塔尔说，不要等到最后，咱们灵活一点，三杯酒以后允许哭。艾塞提说，今天这个气氛有点不对呀。沙拉穆说，都对的呢，不对的事情现在在家里睡着觉呢。

开始喝第二杯酒的时候，海尼说，咱们从小玩麻雀长大的四棒棒，有时间没有野聚了，都快尿不到一起了，这不对，有钱了，脸大了，叫不到一起了。老了一斤肉吃一年的时候，后悔就来不及了。光屁股的时候是朋友，砸核桃的时候找不到人，以后良心说话的时候，眼睛抬不起头来，地也会诅咒我们的动脉静脉。胡希塔尔说，主要是艾塞提有钱了，最近又有了一笔遗产，搬进爸爸的别墅里了，朋友的语言词汇就忘了。艾塞提说，嘴巴忘了，心里没有忘。胡希塔尔说，首先是心不要脸，而后是嘴巴。听说你这段时间玩遗嘱玩得不错啊，他们说你可以把一种遗嘱变成好几样玩。

艾塞提的笑脸不见了，说，都是走狗们造谣。胡希塔尔说，睡狗们做出来的事情，走狗们好流浪着宣扬啊！我们都听说了，这一次，你的遗嘱玩得绝。长这么大，刚好你也没有个外号，就送你一个吧，现在大家都在说你的遗嘱，就叫遗嘱吧。海尼立马接上话头，说，这外号有意思，遗嘱，回忆起来，很有细节，也有时代意义。沙拉穆说，将来老了，什么事也干不动了，还可以在邮局前写遗嘱呢，也来钱。胡希塔尔说，那咱们庆贺艾塞提的外号，干一杯吧。大家举杯，笑着把酒喝了。艾塞提沉闷地说，你们这不是侮辱我吗？这是什么外号？胡希塔尔说，外号都是圣人赐的，今天我是替圣人行道。艾塞提说，我知道了，你们这是一个肛门出气，作践我。胡希塔尔说，你从小就贼聪明，你应该知道，我们是拯救你，那些知道了你爸爸留给你后娘的遗嘱，了解了你后娘高尚着为你们改写遗嘱内幕的人们，都在骂你们不是人口，是牲口，我们知道了，装不知道吗？因为你不是牲口呀！朋友是什么，朋友就是在这种时候站出来让你哭血忏悔的人！我们不是羊肉朋友，我们是光屁股时代一个馕掰成四块吃的肝脏肾脏朋友，我看你那后娘比男人还要男人，多了不起的胸襟啊，可是你们威胁她，要她交出什么和田玉来。

艾塞提浑浊地说，你们不了解情况，我叔叔叛变了，都是她搅和的。沙拉穆说，你们也太丑陋了，莎尼雅女士嫁给你爹，就是伺候你爹的用人，就一疙瘩石头，你们也不放过吗？按照这个逻辑，她还应该赔上吃你们家的饭钱吧！你也净胡诌，你叔叔是那样人吗？他是正派的大锅里煮出来的人。艾塞提说，那是属于我们家的东西。海尼说，有没有那个石头，还是个话呢！胡希塔尔说，艾塞提，还是要想办法，把名声收回来，这个东西可不能说没了就没了。艾塞提说，我的名声哪儿也没有去，在我脸上挂着呢！所谓的那个女人改写了的遗嘱，是假的，她的这个把戏，我不知道吗？她嫁给我的爸爸，不就是冲着爸爸的钱吗？胡希塔尔说，我看你也是一个脏贪财，不冲着钱来，人家吃石灰喝污水吗？！艾塞提说，我不怕人家说，历来都是疯狗乱咬人，好人继续前进。海尼说，你是好人吗？你我的标准还不够，这不是小事，你连香事和臭事都分不清楚，还想做好人吗？好人可是了不起的事情，好人的大门不上锁，而你，心里脸上眼睛里到处都是锁，你能做好人吗？

艾塞提沉默了。酒轮到他的时候，抓住酒杯张开嘴往里倒，而后闭上眼睛想心事儿。哥们儿逗他，惹他，讽刺他，继续拿他的新外号说事儿，刺激挖苦他，他都不说话，不理睬。两瓶酒晃完后，胡希塔尔又要了两瓶，艾塞提仍旧木偶一样坐在那里，一句话也不说，用沉默对付朋友们。胡希塔尔的酒劲儿上来了，稀稀拉拉地说，哥们儿哎，这酒没有掐脖子吧，肚子里面还有气吗？喝酒不出气，你就自动哑巴了，哑巴了，你那舌头就成我的那个东西了，你不臊吗？艾塞提猛地坐起来，掐住了胡希塔尔的脖子，说，我捏死你，再操你的命！沙拉穆立马坐起来，拉开了艾塞提的手，说，哥们儿哎，酒上头了吗？不要作践你的手，舌头说话嘛！胡希塔尔说，他现在的舌头已经是我的那个东西了，还会说话吗？艾塞提急了，做好架势，准备出拳的时候，海尼迅猛地起身，抓住了艾塞提的手，说，哥们儿，降降温，出拳打人，还是要和你的那个好地方商量好。你小子喝多了，我送你回家吧。胡希塔尔说，就你这狼狈样，还想贪污个好人的名分，你屁股里的臭肛肠也会诅咒你！海尼拉着艾塞提的手，摇晃着走了。胡希塔尔说，今天的酒钱没有白花，他火儿到这个程度，我目的就达到了。

胡希塔尔按原想法，在河边景点，宫廷菜肴园，泉巷野味三个地方，请来了圈子里的朋友和三位知名的笑话家，吃好喝好，宣扬他给艾塞提起的外号。酒喝到开始松皮带的时候，民家笑话家尤努斯站酒说，你把光屁股时代的朋友搞臭了，你也不是好鸽子。胡希塔尔说，我这不是拐着弯弯救朋友嘛！笑话家莱提普汪汪恶毒地说，朋友的裤子掉了，他才能漂亮起来啊！笑话家吾守尔梳子说，胡希塔尔的确高明，他这是变着法子宣传朋友捣鼓遗嘱的能力，这样的广告，才能诱惑人心。尤努斯站酒说，这小子看得远，你梳头发，他梳人心。吾守尔梳子说，还是你老贼懂事理啊，柜台前站的日子多了，什么样的臭酒你都能闻出来。尤努斯站酒说，这就是本事，而且老板给我赊账。莱提普汪汪插话说，那是当然，我不在的时候，你不能不撒野啊！尤努斯站酒说，我不怕你的声音，因为你的牙齿都腐烂了！大家都笑了。胡希塔尔说，吾守尔说得好，我是变相地吹捧艾塞提写遗嘱的能力，大家需要立遗嘱或是玩遗嘱，都来找他。尤努斯站酒说，这年头也够热闹的，钱一多是爷爷奶奶的时候，这男人们也开始蹲着尿尿了。那鬼臭的老子马赫穆提，可也是个站着尿尿的硬汉啊！他说话办事，一泡尿的气度，可也是好几公里的温泉哪！莱提普汪汪说，我说呢，我跑到哪里都是臭烘烘的，原来你和那老贼一起喝多了呀！大家又笑了，接着艾塞提的名声，也开始在许多嘴的舌头上流浪了。

玛穆提等的就是这一天。艾塞提像个输净了的老赌徒，把眼神藏在肮脏的眉毛熏臭的眼皮底下，像个没落的乞丐，耷拉在了玛穆提的眼前。玛穆提说，咱们出去碰几杯吗？艾塞提阴冷地说，你允许，我就喝。玛穆提说，我破规矩，以后咱们就不拿辈分规矩礼节当警察了。他们来到亲切的泉巷野味，要了一只雪鸡和六只鸽子，一瓶伊力大曲。玛穆提自己倒酒。艾塞提第三杯喝完，也没有动鸡动鸽子一腿一翅，在叔叔看杯子倒酒的时候，抓住机会看一眼他的神态，揣摩他的心思。而玛穆提，把半只肥雪鸡和一只鸽子咬进肚子里，耐心地等艾塞提张嘴说话。艾塞提说，叔叔，放过我们吧。玛穆提看着艾塞提，说，你看着我，把眼睛睁大，你这话是什么意思？是我在扰乱你吗？艾塞提昂起头，说，我想说，你不要替外人说话。玛穆提说，刚才，我见到你的时候，以为你已经明白了你爸爸在精神上要求你的那些东西，现在我错了，你还没有进来。是我可怜呢还是你可怜？谁是外人，你永远记住，在婚姻千古牢固的账本里，有一种真理是永恒的，一个陌生的女人此时嫁给了你爸，就地她就是你的亲人。血缘不是前定的基础，人性人格才是最后的血液循环。你爸爸是什么人？你们又在干什么？难道这还不够吗？继母不是满足了你们吗？你们还要那个你们没有见过的石头，天能容你们吗？这继母的胸襟谁人不佩服？你们逼她，侮辱她，以为就可以拿到那个不存在的石头吗？你让兄弟们和你一起变坏，侮辱埋葬人家的名声，就不怕末日里真主惩罚你吗？艾塞提说，叔叔，这事没这么严重，在遗产的事情上，是不能讲道理讲人格讲善良的，财富是家庭家族的基础，这个东西是不能外流的。

玛穆提说，娃娃，你知道的事情不少啊，但是你为什么不知道最主要的事情呢？人家的东西也是你的吗？爸爸把钱财物都留给你继母了，她为了拯救你们的灵魂，改写了遗嘱，你还踩着人家的衣领上头了！你为什么不摘下帽子当镜子，不检验一下自己的灵魂呢？你爸爸，你爷爷都是什么人？我们家七代祖宗，都是脸上有光的汉子，到了你这一代，你们开始尿自家的锅了！你的问题是目的不善，我帮不了你。艾塞提说，我也准备了一份遗嘱，是以爸爸的名义写的，和前两份遗嘱不同的是，用一套楼房安慰那个女人。你能帮我散发吗？玛穆提说，你这个臭烂的哲学，我早就听说了，街上的狼狗们，也在汪汪你的阴谋。这不可以，你可以自己散发，我等你悔悟，如果你不回头，坚持背叛你爸爸的灵魂，我就实施我的下一个办法，让你觉悟。我总的目的有二,一是要光耀你们继母的高尚精神，二是拯救你们，最后的目的是拯救你们的孩子。艾塞提说，叔叔，我可以收买你吗？玛穆提说，娃娃，不要太狂妄，我会割掉你的舌头的，你会变成植物人，你的灵魂腐烂。艾塞提没有说话，站起来走了。

周末，嫉妒的风，还没有来得及吹散清早馨香的空气，蓓蕾孤儿院的院长古丽麦尔艳和海丽古丽老师，敲开了艾塞提的房门。艾塞提昨天和叔叔闹腾，晚上找朋友继续喝赌酒，半夜回来，还在酒被子里捂着呢。米娜娃儿开门，笑看客人，意思是，你们找谁？院长古丽麦尔艳和蔼地说，打搅了，这是艾塞提先生的家吗？米娜娃儿笑了，说，是的，请进。她把客人们请进来，让到沙发上，说，请坐，我去叫艾塞提。

艾塞提醉鸡似的睁开了眼睛。半只眼睛看着老婆，歪着舌头，说，天塌了还是发大水啦！米娜娃儿说，两个美女来了。艾塞提闭上眼睛，说，家里一个就够了，再来两个蹂躏，不世界末日了吗？米娜娃儿说，心坏的人，说话也熏臭。快穿衣服，客人等着呢。

艾塞提出现在客厅的时候，米娜娃儿已经给客人们倒好了茶。艾塞提嘴角动了动，算是笑了。米娜娃儿坐在院长古丽麦尔艳跟前，邀请她喝茶。院长介绍过海丽古丽老师后，说，不好意思，我们冒昧来访，也没有打招呼。打听到你们的这个住址以后，一大早我们就赶来了。这小区太漂亮了，到处都是白杨树，我记得以前这里是个果园，环境太好了，空气好。我们的孤儿院也是树多，树是养脾性的东西，我喜欢树。艾塞提两嘴角又动了动，假笑一嘴，心里藏着说了一句：一大早啰唆什么呀！院长看了一眼艾塞提的眼睛，从他的神态上多少窥见了他的心理活动，说，是这样，我们是蓓蕾孤儿院的，我们之所以直接找你们来，是不想多事。我们的一个老师，在一次婚礼上，听到了大家的一个议论，说是你们家和莎尼雅女士之间有一块玉的纠葛，就觉得我们有责任把事情说清楚。这块玉呢，和我们蓓蕾孤儿院有关系。当年，马赫穆提先生把这块玉捐给我们了，我们又把它卖给了新疆美玉公司，用那些钱给孤儿院买了一辆轿车和工作车，我把当年卖玉的发票的复印件给你们带来了，还有那块玉的相片。院长把复印件和照片，放到了艾塞提的面前。

艾塞提不再贼笑了，麻袋片一样的脸变成了丑陋的垃圾桶。他抓起复印件，看见八十六万元的数字，脸更难看了，心里咕噜了一句：二百平米的房子没了。他看着复印件，阴冷地说，这件事我不清楚，可能是兄弟们在了解一些情况，谢谢你们提供的这些材料。院长知趣地站起来了，说，打搅了，我们的任务完成了，再见。艾塞提没有说话，米娜娃儿调和气氛，说，坐一会儿吧，我给你们做饭。院长说，谢谢，我们还要到批发市场采购，有时间到我们孤儿院看看吧，都是非常可爱的孩子们，我们会成为朋友的。米娜娃儿说，好，有机会我们一定会去看孩子们的。院长走了。关好门，米娜娃儿看着男人抹布一样的脏脸，说，家里来人了，你怎么这么个德行？你还是个穆斯林吗？人家抽你的筋了吗？艾塞提说，一早晨来了两个母鸡，不是好兆头啊！米娜娃儿说，你糊涂了，吃羊草不说人话，没有母鸡，你吃什么！艾塞提说，我没有说你，我说的是人家的母鸡。米娜娃儿说，这几年你变成狼狗了，我就没有打过你的脸，今天我说一句吧，你在外面的母鸡不行了吗？这就悲剧了呀，我怎么说你越来越陌生了呢，像个人家的男人。艾塞提说，你犯病了吗？米娜娃儿说，你都疯了，你爹娶的女人你都可以赶出家门，当垃圾侮辱，我能好到哪里？都是一口锅的奴隶，在外人的眼里，说不好我就是帮凶。艾塞提说，我觉得自己很正常。米娜娃儿说，那是你现在还没有发现自己，等你发现自己是一个男人的时候，你就会抽自己。艾塞提说，嗨，世界末日了，身边的敌人好可怕呀！米娜娃儿说，是你自己心里有敌人。

米娜娃儿打开电视，开始欣赏歌舞。艾塞提说，你高兴了吗？米娜娃儿说，还没有，等你哭着说不出话来的时候，我才高兴。我高兴了，你心里的毒蝎就会死亡。这是我的愿望。艾塞提沉默了，抓起茶几上的复印件，看着那个八十六万元的字样，呆在沙发上了。他不能理解爸爸，为什么要把家里的财富空手送人呢？为什么要仇视自己的孩子们呢？米娜娃儿偷看了一眼男人，艾塞提的前额开始发黑，像民间匠人们制作的黑肥皂，脸上看不见人气，在沙发上，变成了一个僵硬的木偶。

艾塞提没有用早茶，出去了。米娜娃儿没有和他说话。艾塞提没有开车，走出院子，来到巷口右侧的包子店，要了五个薄皮包子，像橡皮人一样，趴在桌子上，吃了起来。对面窗口前面，邻居艾斯卡尔唠叨正在吃抓饭，看见艾塞提的狼狈样，说，有钱的邻居，昨天没有输钱吧？怎么趴在桌子上抬不起头来呀！艾塞提没有抬头，他进来的时候，就看见了艾斯卡尔唠叨正在吃抓饭。说，我昨晚上天飞了一圈儿，早晨下来看见人间的繁杂，头晕。艾斯卡尔唠叨说，哦，上天了，在梦里吗？艾塞提说，和那些神圣的星星们在一起，那可是幸福她娘了！艾斯卡尔唠叨说，天上有这样的包子吗？艾塞提说，天上什么没有？都是天鹅肉包子。艾斯卡尔唠叨说，那你就傻了，下来干什么！我们连天鹅都看不见，你天天吃天鹅肉，不是神仙的日子吗？艾塞提说，我也不知道自己是怎么下来的。艾斯卡尔唠叨说，可能天上没有玩遗嘱的买卖吧，这可是个来钱的行当啊！这一次，艾塞提抬起头来了，刀子一样地看着他，说，我听说过，你爹连张树叶也没有给你留下。艾斯卡尔唠叨说，我懂得羞耻，所以不要啊！遗嘱这外号起得好，这可是看不见的刀子啊，满城都传开了，你的后人，一代代地继承上这个外号，他们的精神也就成斗鸡场上的臭泥巴了。

艾塞提沉默了，他怕出事，包子没有吃完，站起来，来到坐在门口前收钱的买买提老板前，给了钱。买买提老板说，包子怎么没有吃完？艾塞提看了一眼艾斯卡尔唠叨，说，恶心。艾斯卡尔唠叨说，一个男人，连自己的包子都不吃，以后就蹲着尿尿了。艾塞提说，唠叨，咱们出去玩拳头还是玩刀子？艾斯卡尔唠叨说，你长这么大，玩过刀子吗？我给你找个羊牙子刀怎么样？买买提老板发现火候不妙，说，晚上才是打架的时间，早晨干正事吧。艾塞提恨恨地看了一眼艾斯卡尔唠叨，出去了。买买提老板看着艾斯卡尔唠叨，说，能这样说话吗？你含蓄着刺他呀！艾斯卡尔唠叨说，他是新疆第一不要脸，他懂含蓄吗？！

艾塞提走出大门，举手准备叫车的时候，在巷口开理发馆的祖农师傅迎面过来，叫住了他说，哥们儿，恭喜你，终于有了一个外号。遗嘱，这可是个来钱的买卖呀，哥们儿，这个写遗嘱改遗嘱的事情，好学吗？艾塞提瞪了他一眼，说，你爹死了吗？祖农愣了一下，说，我岳父死了！岳父死了行不行？说完，迅速地走开了。

艾塞提拦住了一辆出租车，来到了叔叔玛穆提的家。玛穆提和艾塞提握手的时候，从他的眼神和冰冷的体温里，已经感觉到了他的内心变化。艾塞提公牛一样逼人，傲慢霸气的眼神看不见了，他没有进屋，在葡萄架下的凳子上坐了几分钟，忧伤地看了一眼叔叔，说，叔叔，我可以请你喝酒吗？玛穆提直视他的眼睛，说，你有钱吗？艾塞提说，我这么不要脸，怎么会没有钱呢？玛穆提说，这样说来，你看见自己的脸了？艾塞提说，看见了，只是没有看见眼睛。玛穆提说，这样说来，你的麻烦还没有过去。你就一张嘴，却谋略百张嘴的事情，你那眼睛不骂你吗？

他们来到了西大桥鱼市后面的小饭馆。艾塞提的意思是这边偏，没有认识的人，好说话。他知道叔叔喜欢吃干炸鱼，又要了两公斤手抓肉，一瓶酒分成两大啤酒杯，大口喝到一半的时候，艾塞提说话了。玛穆提抓了一块肉，边吃边听他的说道。玛穆提说，看来还是啃骨头舒服，牙齿，舌头，血管，眼神，嘴脸都可以兴奋起来。你有这种感觉吗？艾塞提说，没有，在您的帮助下，我现在没有感觉了，不是我自己。玛穆提说，那我就继续帮助你，把你变回来。艾塞提说，那将会是我自己吗？玛穆提说，骨头还是你自己的，肚子里面的那小块肉，过滤后，干净了。你刚才的问题，其实很简单，你说，爸爸为什么在遗产的事情上，对你们这么残酷。这个事情，你是问我呢还是在问你自己？我想，你应该问你自己。爸爸在遗嘱上不是说得很清楚了吗？孩子，在童年的时候是孩子，少年的时候是朋友，孩子成家以后，肚子里对爸爸就有虫子了，因为他的生活里有女人了，女人非常美好，非常复杂，有四十只眼睛，前面二十只，后面二十只，男人用三十个太阳的时间明悟的事情，女人一个时辰就能把那个意思看得底朝天。这样，男人的灵魂就游离父亲的血脉，痛心的一幕幕像牲口的屁股一样上演，孩子的姓是爸爸的，心已经是背后那个女人的了。因为这个孩子还不能感悟这个秘密，就不理解父亲在不同时代的演变，也就不能理解在父亲看来是拯救儿子灵魂的决断，在儿子自己看来是父亲抛弃了自己的误解。人活着非常麻烦，整个人类不是一个条田里的鲜花，人类在青春时代愉悦父母，在中年的狐狸时代，蹂躏父母的神经摇篮，践踏哺育我们成长的暖光记忆。我们的悲剧是，我们不是完全活给我们自己的感官，欲望，舌头，嘴唇和野心，我们的另一半，是他者的，是社会舆论的，是小人的唠叨的，因为小人常常能左右一个人的人格和情绪，一个环境的和谐，一个巷口的情绪，一个社区街区的氛围。你明白这些道理吗？你的，你以为完全是你自己的吗？吃肉的时候，是要扔骨头的，哈密瓜吃完了，瓜皮在我们的脚下，刚刚还在桌面上灿烂光明的金色哈密瓜，几分钟就在我们的脚下了。而你以为，爸爸留下的东西，必须是属于你的灿烂美好，你不就童话了吗？童话是黄昏背后的启示，不是生活本身。这样，你爸爸留下的别墅，就不是你的，你虽然和兄弟们商量好了，用沉默肮脏没有屁眼没有眼睛的钱钉死了他们的舌头，但是大家的舌头，民间的舌头，你是锁不住的。在人类的早晨，在人的欲望里是没有德行的，自由的生活才是人类的本性，所谓的文明席卷日子的时候，人类似乎也假正经了，约束规范欲望和自由了。当人类的意识接受跪拜这种规范欲望，阻碍羞耻的哲学的时候，我们在不断地适应，这是我们的命。而你，在抗议天命。如果你就这样走到最后，你甚至不是在别人眼中的你了。你知道什么叫活着就死了吗？可能你不在乎，你的孩子们呢？

艾塞提喝了一口酒，说，叔，你绕得太深了。玛穆提说，好，那我给你讲一讲你眼前的事情。你这么喜欢你爸爸的钱财，为什么不喜欢他的人品呢？就是狗继承的也是狗的本性啊！艾塞提说，你是说，我比狗还坏吗？玛穆提说，你感觉到了？艾塞提沉默了，又要了一瓶酒。玛穆提说，有的时候，喝醉了也长见识，倒酒。

艾塞提醉了。玛穆提给米娜娃儿打了个电话，把他带回家了。艾塞提第二天中午才爬起来，洗了洗脸，摇晃着走人了。玛穆提没能留住他，艾塞提说，叔，我还有脸喝茶吗？我昨天失态了呀。玛穆提说，小事，你活着就行，活着就有希望。一路上，他重复着玛穆提的话，回到家里进门，又说了一遍活着就有希望。米娜娃儿听着，惊了一下，说，脑袋没有出事吧？艾塞提说，死亡通知眼睫毛的时候，死神会给我们的灵魂发信息吗？米娜娃儿说，还醉着，什么世道，和叔叔喝酒，主啊，不会是世界末日的前兆吧！艾塞提说，不要胡说，世界是永恒的，会丢下她的无数臣民，玩末日吗？无数有钱的人，还没有折腾完自己的财富，就离开这个充满了辣椒面胡椒面似的痒人养人的世界吗？！快，手工面，辣椒胡椒姜皮子！米娜娃儿说，但愿你的脑浆不要辣椒胡椒姜皮子。

第二天，艾塞提喝完茶，准备出门的时候，手机传出了放屁一样的一声尖叫，玛穆提的信息出现在了他的手机上：眼下，有一种科学的疗法，去看一下心理医生，在友好医院，有一个叫古丽巴哈尔的心理医生。准备出门的时候，艾塞提看了一眼米娜娃儿，说，我去看病，找一个巫医，看看脑袋。米娜娃儿说，你的心有问题。艾塞提说，心都是贪婪的，我的毛病在脑袋上。

心理医生古丽巴哈尔五十岁了，丰满的身体，睿智的眼神，亲切的脸，让人看着舒服。她的诊所是维吾尔人开的第三个诊所。艾塞提在护士的引领下，办完手续，坐在医生前面，看她的眼睛的时候，心里有一种莫名的忐忑，好像在很早以前，在浪漫的没有航标的河流上，偷过人家的什么东西。古丽巴哈尔医生张嘴只说了几句，艾塞提的舌头就点钞机似的锵锵锵了，古丽巴哈尔医生问过三次后，说话了。沉稳、温情的话语，开始侵入艾塞提的灵魂：你的情况其实不复杂，人本来都是两只眼睛，你在肚子里不争气的地方，多藏了几只小眼睛，一是看了不该看的东西，二是你的眼睛不睡觉，窥视人间的针眼针线，眼睛累了，就蛊惑你的心脏，心脏累了，就影响你的灵魂，最后你的眼睛就紊乱了。人活着本来是一日三餐，你一日三山了。所以你的灵魂严重超载了。你可能不会注意，核桃和无花果为什么不开花就结果呢？这才是最大的哲学，生活里，在一些特别的时候，是没有因果关系的，这是世界不可知的一部分，因而你不能和世界作对，大地的轴心没有正反，这是地球的前定，你现在的问题是，疯狂地诅咒那些没有开花就拥有了果实的果树。尊重大地的规律，尊重生活的偶然和黄昏偷换黎明的痛心，也是一个男人，不，一切人应该面对的事情。春天的时候，不是所有的花儿都属于我们，有些花儿我们是看不见的，它们小开在旮旯里，悬崖下的石缝里，只有风是它们的朋友，我们不知道它们的存在，但风曾无数次把它们的芳香吹进了我们的心坎儿里，给我们的启示是什么呢？不是一切美好都属于我们。死神是没有钟表的刽子手，我们不知道它们在哪里，但是我们知道它们是存在的，无情的，有理由没说法，也要熄灭你生命的灯火。从你的山里走出来，像一张白纸一样面对生活的风雨，你的生命会自己说话，引领你面向更舒展的和谐。这样，你战胜了时间，活得悠然自在，活得星光灿烂。那时候，你站着尿尿的时间会更长，你会闻到你自己的臭味，就会发现他人的香气，这个护身符，是你最后的胜利。

艾塞提的头早已耷拉下来了。古丽巴哈尔医生停下来的时候，他缓慢地抬头，看古丽巴哈尔。艾塞提的眼珠子看不见了，他丑陋地看着古丽巴哈尔，说，医生，我可以走了吗？古丽巴哈尔说，回去休息吧。你能找到童年时候和你一起长大的朋友吗？艾塞提说，可以找到。古丽巴哈尔说，那好，你请他们吃饭，把心里面的事给他们讲一讲，你们一起回忆童年时代的事情，畅谈一次，你会好起来的。

艾塞提回到家里，病了。兄弟们把他送到了医院。玛穆提来看他，说，让你的兄弟们每天都送些鹰嘴豆手工面来，那是调理脾性的东西，比医院的药好，不要打针，出院后，每天洗冷水澡，就好了。艾塞提出院了，三天的时间，果然好了。他向兄弟们报告了那个蓓蕾孤儿院院长，古丽麦尔艳关于那块玉石的情况，说，我查了一下，就是这么回事儿，走到这一步，我很痛苦。老五阿里木说，都是叔叔捣鬼。艾塞提说，兄弟，不要说了，看来，我们都是嫩苞米。活着，活给自己，活给别人，真的不容易。话音刚落，艾塞提的手机响了，他听到对方的声音，立马从沙发上站起来，走进卧室，扣上门，来到窗口前，左手拉开窗扇，笔直地站在那里，满脸是神圣的荣光。从手机传来的声音，字字钉在了他的神经上：把别墅还给后娘，给娃娃们留点脸。茫茫的人间，好汉的子嗣却如此贪婪无情，玷污父亲的美名。可耻啊，你能想象你娘在另一个世界的痛苦吗？手机没有声音了，他仍站在那里，看着窗外鲜美的葡萄，呆在了那里。很长时间后，阿里木敲开了卧室的门，说，哥，没有什么事吧？艾塞提说，有事，你们回家吧，明天早晨叫人来帮我搬家。外力说，哥，出什么事啦？艾塞提说，大事，是无耻的大事。你们回吧。

第二天一大早，艾塞提请叔叔玛穆提喝早茶。玛穆提说，钱越多越抠门，早晨什么也吃不动啊，你晚上请喝酒不好吗？晚上事情就晚了，早晨再帮我一次吧，我想见后娘，你帮我说几句话。玛穆提放下手里的碗，惊视艾塞提的眼睛，说，第一次听见你叫后娘。人子嘛，还是有希望的。艾塞提说，我搬走，让后娘回来，遗产的事，按爸爸的遗嘱办。玛穆提说，怎么了，你怎么突然伟大起来了？遇到高人了吗？艾塞提说，一个巫师给我算了一卦。玛穆提笑了，说，我知道，你不信歪道。艾塞提说，我的灵魂发现了。玛穆提说，那我就暂且感谢你的灵魂吧！但愿这不是什么把戏。

玛穆提敲开了莎尼雅的房门。艾塞提跟在后面，把装在麻袋里的一只羊放在了门边的椅子上。莎尼雅看到东西，立马把视线移到了艾塞提的眼睛上。艾塞提窘迫地躲避莎尼雅的视线，问候了一声，说，姐，我来看你了。莎尼雅后退了一步，坐在沙发上，没有说话。她又看了一眼艾塞提的窘相，把视线移到了玛穆提的眼睛上，无声的疑问是，怎么回事？演的是哪一出啊？玛穆提说，艾塞提亲自为你宰了一只羊，他是来给你赔罪的。莎尼雅说，艾塞提没有罪，他灵魂里的魔鬼有罪。如果他把灵魂里的魔鬼赶走了，他还是他爸爸的好孩子。艾塞提说，姐，我们太蠢了，请你宽恕我们。我们明天帮您搬回去吧，爸爸给你留下的东西，按照爸爸的遗嘱做吧，请你看在爸爸的面子上，宽恕我们。艾塞提看见莎尼雅流泪了，他鼻子一酸，猛地站起来，出去了。玛穆提说，就这样吧，这几天你搬回去住吧，艾塞提发现肚子里的虫子了，我也觉得突然，但这是事实。老辈人讲，刀不砍忏悔的头颅，你就给他们一个面子，搬回去住吧。这个结果，也是你最早期盼的。你的精神和灵魂都胜利了，我很高兴。莎尼雅说，不，是马赫穆提的灵魂和精神胜利了，正道的种子是属于他的。莎尼雅说，那就这样，那个别墅我先住着，剩下的东西，按我那个遗嘱上的意思，分给他们吧。我想过平静的日子。艾丽菲亚长大了，我也有人照顾了。玛穆提说，好几次了，我都想问一句，艾丽菲亚的来路你搞清楚了吗？莎尼雅说，没有，我不想知道了。孩子的监护权已经在我的手里了，你哥哥在遗嘱上也没有细说这孩子的事情，那么我就应该尊敬他。尊重时间吧，时间不允许我们窥视这个秘密，我们就听命吧。玛穆提说，好，我们就这样说定了。什么时候搬家，你给我来电话。莎尼雅说，好。今天这个事情，我没有想到啊。

晚上，艾塞提请兄弟们吃饭。抓饭吃完吃西瓜，洗完手，把他的决定和与叔叔一起见过莎尼雅的情况，灌进了他们的脑浆里。大家长时间地沉默，一个个低下了头。老五阿里木说，哥，你变得太快了，这不是你的意思，是那天那个给你打电话的人逼你做的。外力抬起头，看哥哥的眼睛。艾塞提说，都抬起头来，我们都是男人，但是我们的胸襟比不上我们的后娘，吃垃圾喝污水的人应该是我。这几天帮后娘搬家吧，我们是爸爸的尿尿变的，我们太过分了。我们有过一个污点，我们要破解这个污点，爸爸在最后，为什么这样厌恶我们呢？我们再也不能生活在情绪里面了。海米提说，今天的抓饭没有吃好啊！艾力说，那就听话吧。现在，骂我们的人越来越多了。阿里木说，男人怕骂吗？骂的人越多，自己身上就来更多激素。

艾塞提和弟弟们把莎尼雅的家搬回来了。伊力多斯啤酒怀疑艾塞提的诚意，说变得太快了，认为他的骨子里没有这么善良的东西。他和妻子闲聊的时候，说过一个让他妻子恶心的段子：这小子之所以没有跟上爸爸的脾性，主要是马赫穆提当年蜜月的时候，早晨准备出去方便，突然看见了老婆的神秘处，慌忙地交媾上了，结果是精子和尿水一起浪漫，结果就怀上了半吊子艾塞提。他老婆骂他说，一流的不要脸，你看见啦！伊力多斯啤酒说，你太幼稚了，你可以想象啊！

十天后的一个礼拜五下午，根据艾塞提的安排，外力和兄弟们在河边的牛羊市场买了一只三岁的小牛，拉回来，在后娘的院子里宰好，准备了一场丰盛的家宴。客人都是亲戚们，在玛穆提的提议下，邀请了伊力多斯啤酒。黄昏的时候，客厅里坐满了客人，黄昏开始飘浮在窗户前，窥视客人们的神态。莎尼雅坐上席，平和自然地和亲戚们说话。这是在艾塞提的坚持下，玛穆提给说定的位置。艾塞提的老婆米娜娃儿被安排在了莎尼雅的身边，艾塞提咕噜了几句，说，你应该负责后堂啊！米娜娃儿说，你以为我愿意露脸吗？我还想到后院果树下洗碗呢！是叔叔要我陪莎尼雅姐的。艾塞提的半个脸假笑了一下，说，我忘了，你永远是伟大的。

饭菜准备好后，玛穆提在艾塞提的示意下，站起来，开始主持家宴。玛穆提说，亲人血脉们好，今天是值得我们和我们的后裔铭记传颂的一个日子，我们集聚在这里会餐，是为了追思我的哥哥马赫穆提，在人间生后，他是一个及格的男人，这是我们共同的安慰和骄傲。今天也是伟大的礼拜五。我们集聚在我哥哥生活过的这个屋子里，怀念他给我们的友谊和生活，感谢今天的日子，是我们最大的幸福。开饭前，我们搞一个仪式，艾塞提要给他的莎尼雅妈妈，赠送他爸爸和莎尼雅妈妈在一起的一幅油画，我们欢迎。大家开始鼓掌了。米娜娃儿高兴地看了一眼男人，艾塞提发现，妻子在恋爱季节，也恩赐过他这种蝴蝶一样幸福的眼神，时间回到了那些浪漫的月光下，妻子的善良，在这个历史性的时刻，再一次温暖支持了他正在忏悔的心脏。外力和海米提从小客厅里搬画像的时候，阿里木在二哥艾力的耳边唠叨开了：那女人现在成大哥的妈妈了，多可怕，咱们还是要想办法弄清那天给哥哥打神秘电话的人。艾力说，这需要时间，要等，等到时间的裙子烂了，什么都亮出来了。阿里木说，大哥是他本人吗？不会是一个克隆的替身吧？

艾塞提从外力和海米提手中接过一米多高的画像，送到了莎尼雅的手里，莎尼雅激动地接过画像，说了声谢谢，把画像递给了米娜娃儿。外力和海米提走过来，接过画像，挂在了事前钉在墙上的挂钩上。客人们开始欣赏墙上的油画，伊力多斯啤酒说，画得很像，眼睛像就行了。眼睛像了，灵魂就出来了。莎尼雅向米娜娃儿小声地说了一句：画得像，谢谢你们。米娜娃儿说，是艾塞提找人画的，据说那画家是新疆一流的大师。在热闹的喧哗声中，玛穆提握住艾塞提的手，说，这件事办得好，你看，大家多高兴。如果你只为自己活着，不会有这么多人为你高兴。艾塞提说，我心里知道，我不是个好人。玛穆提说，做好人是个大目标，你现在已经在好路上了，这是希望的开始。

艾塞提来到妻子跟前，小声地说，玛瑙。米娜娃儿从手包里取出那串棕色的玛瑙，笑着对莎尼雅说，今天大家都高兴，这串玛瑙应该在你的脖子上。其实，真正的胜者是你，你拯救了家族的精神和声望。米娜娃儿把玛瑙套在了她的脖子上。闪闪发光的玛瑙，在莎尼雅的脖子上，无声地诉说着岁月的沧桑。阿里木和艾力站在门口一角，在观察客人们的神色。阿里木小声地说，二哥，现在大哥就差把我们做家奴送给这个女人了。艾力说，是他的妈妈。阿里木说，我从前不太明白叛徒的意思，现在知道了。艾力说，兄弟，咱慢慢活着吧，我们还会明白许多事情。艾塞提开始欣赏墙上的油画，他非常满意画家艾尼的这个作品，当时请他画的时候，说，钱不是问题，你画好，我奖励你一匹马的肉，让你冬天喝酒。艾尼笑了，说，好，不要忘了第一场雪的时候，把酒和酒杯也一起带来。艾塞提说，斟酒的美女需要吗？艾尼说，你太伟大了，现在，像你这样有智慧的男人越来越少了。艾尼拿起婚纱照，说，这婚纱照是重新拼起来的呀。艾塞提说，以前是我的魔鬼帮我撕掉的。艾尼说，生活就是这样，你今天撕掉了，明天又把它贴在一起，你今天骂人家，明天又亲人家，自己扰乱自己，又医治自己。

抓饭包子，大盘土豆烧牛肉，烤肉，油煎肉馕都上来了，人们愉快地用餐，也不时地抬起头来欣赏墙壁上的油画。马赫穆提亲切的眼睛在问候亲人们，莎尼雅贤惠的容光，陪伴马赫穆提的灵魂，盘点岁月在今天留下的启示和思想。

夜很深了，候鸟的声音也听不见了，静谧的夜，像人类的早晨一样无声息，莎尼雅睡不着。她开始和墙壁上的马赫穆提说话，给他讲心中隐晦的秘密，咬着牙省略了许多羞愧的细节。她从抽屉里取出纸和笔，开始写遗嘱，把别墅将来的命运，变成了美丽工整的维吾尔文字。

马力克奶茶

我的工作又调动了。下午从铜矿回来，接到了组织部的电话，明天早晨约我谈话。木斯市的情况我不是太了解，以前只去过一次，是路过，午饭后，欣赏了高楼和宽敞闲置的马路，很是羡慕，而后用牙签剔掉牙缝里的碎肉，就走了。上任前，爷爷说，去看看马力克奶茶，他在那里当过市长，和他聊聊。

鲜红的石榴，香梨，晶亮的红葡萄，极美。但是在塑料袋里，看不见它们的亮丽。我的右手把东西放在了马力克的茶几上，开始问候老市长。马力克说，谢谢。其实，和水果比起来，酒才是好东西。看女人的时候，你可以带水果，看男人，最好是带着酒杯来。你不是一个好学生，这些事情，老师没有教过你吗？我说，我是没有福气，从小学到中学大学，我的班主任都是女的。但是酒杯的事情，我会补上的。马力克说，女人教出来的学生，耳根子软，心软手软，咬东西不结实。但是一个男人长大了，自己的事情，要学会自己做主。慢慢地锻炼吧。酒杯子的事情，等到冬天再说吧，冬天喝酒最美。但是这个夏天，你的好日子开始了。听说你要去木斯市工作了，好，是一个能锻炼人的岗位，你会明白一些候鸟们才能明白的事情。马力克脸黑，翘唇，笑的时候，只有眼睛里有暖气。

马力克打量了我一番，说，这个衬衣是你自己的吗？我笑了，说，老婆给买的。他说，这就不对了，你穿着这种衣服去上任，不对。男人，是不能穿丝绸衣服的，穿上柔美的衣服，男人就会失去硬气，说话就不结实了，这是一种秘密的危险。记住，不要碰这种软衣服，会影响你的脾性，失去判断，时间长了，你就忘记盐巴的味道了。你摸摸你的衬衣，什么感觉，和女人的皮肤没有两样，这是危险的。我说，我回去就扔了。马力克说，不要，不能走极端，留着，没人的时候，拿出来看看摸摸就行了。我笑了，说，好，我会铭记。

马力克说，我这个年龄了，能给你什么经验呢？忠告更谈不上。我当市长的时候，一公斤肉才十块钱，现在三十块钱了，一撮花生米就能喝一瓶酒，现在是鸡鸭鱼肉了。那时候我不怕老婆，现在是老婆的开心果了，见了老婆的影子，也要鞠躬，腿脚自动颤抖，骨节哗啦哗啦地响，不一样了。我还是说说吧，酒你不是要给补上吗？我笑了，说，儿子娃娃，说话不邋遢。马力克说，去一个新地方工作，要学会适应，你适应了，锅里没有肉也能做饭。要学会交朋友，各族的朋友都要交，这叫团结。在咱们这个地方，能团结，人家就围绕你，这才是最大的能耐。把两个圆东西，合在一起，都需要削掉各自的一些部分，所以你要学会平视，有的时候，站在背后看，研究你不熟悉的文化习俗，这是学问。没有学问，光有志向是不够的。你手里有的时候，不要忘记那些手里没有的人，你上座品尝头肉的时候，不要忘记在为你们服务的年轻人。但人在繁忙和热乎劲中，在权力中，往往会忘记这个规律。你这个位置的工作，非常需要和谐的心态，这是看不见的口碑。要研究政策，抓住规矩的缰绳谋事，不要有私心。私心是羊尾巴油一样滋润的东西，但是高血脂动脉硬化后悔忏悔都是它的朋友。工作是为社会服务，生活是一馕一奶茶，私心是贪腐的前奏，不要侮辱埋葬自己和家庭，脑子里面要干净，要有留下好名声的念想。要学会做人做事，会说，会做，会琢磨，也是本事。它们是一致的。做人，要有童年的纯真和老年的成熟，能看清隐藏在墙里面的金子和臭虫，做事，要抓住今天的馕，你手里没有鲜花，没有人喜欢你。要放眼往后，将来是精神生活，但是要知道，精神生活的邻居是死亡，要学会与死亡对话和商量，不能没有任何准备。在人格的熔炉里做好今天的工作，就是最好的将来。你这个位置，离不开各种不男不女的心嘴们的奉承。奉承，是早晨和夜晚的关系，你要学会把握，中午一定要属于你自己，把尺子抓紧，要学会利用奉承，不要为它牺牲自己。奉承是甜蜜的危险，在一些灰暗的人那里，是结果好处来得最快的行当。一麻袋金疙瘩银疙瘩搞不定的事，几句奉承话就能拿下。这是人吃奶的时候攒下的弱点。要学会和这种人玩心眼儿，有情无情地对待他们，用正念牵领他们。要学会识破各种各样的危险，慎用动词，要多用形容词。

我说，您这话是什么意思？马力克说，我也说不清楚，你回去自己琢磨吧。锅是最好的东西，但是它不会说话。还有一件事我要提醒你，一是不要在圈子里喝酒，二是不要在民间的聚餐上喝酒，酒是一种原始的赤裸，人在这个赤裸里往往没有忌讳，没有规矩，没有收敛，没有短裤，没大没小，于是麻烦和丑陋吞吃底气，结果你在精神上硬不起来。我们一些人，包括我在内，喝酒不控制，嘴上没有笼头，脑子里没有防范，屁股热了腿上不来劲，第二天醒来，满嘴脸都是后悔。我们的朋友们老乡们，喝酒的由头太多了，大的礼俗庆贺不说，有点小小的好事，也要聚拢在一起洗一洗[①]，有的时候找不到喝酒的由头，就抓住刮过脸的一哥们儿，逼人家也洗一洗。酒多了，碎话就多，醉话就没有笼头了，好好的嘴巴，就臭饽饽了。当年我的情况是这样，人家请你了，不去不好，早去，就说马上有一急事，是特意来请假的，随便喝上几杯，表示感谢，走人。没有办法，人情这个东西，抬头低头，都是你的影子，是看不见的牢笼和玫瑰。

我说，太感谢了，我学到了许多东西。马力克笑了，说，那就不要忘了谢谢里面的东西。我笑了，说，一定，

---

① 洗一洗，维吾尔民间俗语，意思是请客。

我明天自己送来。马力克说，如果有困难，找一张破纸，画一箱酒送过来也可以，那也是你上任前的杰作了。以后你做专员主席了，我就可以拿去拍卖了。我笑了，马力克的黑脸也笑了。

上任后，在各种场合，听到了马力克的许多故事。他有四个外号，第一个外号叫巷[1]。主要是逗他的黑脸，是他的朋友外力早年给起的，说，在新疆，就没有见过这么黑的人。朋友们聚在一起，外力突然会来一句，说，哥们儿哎，特大号外，今年煤炭要涨价了。于是哥们儿就来劲，一个说，那就是说，某些人的身价涨了呀。又一个说，那就是今年上巷挖煤的人多了，大家都挣钱呀。又一个会说，怪了，白东西没人要，黑的倒吃香了。外力会接着说，怪了，黑东西也涨价，多不好意思呀。马力克立马还嘴，没有黑东西，你那红舌头能舒服吗？一场狂笑以后，大家都不说话，心里都明白，如果继续演绎下去，马力克就会用粗话反击他们。

第二个外号叫奶茶市长。是在木斯市市长任上的时候，统战部的木沙部长给起的。马力克后来知道了这个事情，给他奖励了一箱伊力大老窖，说，你才是能在乱石里找到好玉的人，这才叫汉子，站着尿尿的人。在我的外

① 巷，指煤矿。

号里，我最喜欢这个外号。马力克经常下乡检查工作，粮食增产，马牛羊的头数翻倍，是那个时期首要的政绩。时间长了，随员们有意见了，脸上可以看出来，但嘴里不敢说。马力克拒绝一切吃吃喝喝的安排，午饭和晚饭，都在农民家里喝奶茶，奶茶泡馕，掏他们的心里话，在心里校对从乡里了解到的情况。临走，要秘书给主妇交奶茶钱。他知道随员有意见，就解释说，和农民一起喝奶茶，可以了解藏在村里的真事儿，可以亲近老百姓。其实，他肚子里的真意思是，反对乡里宰羊弄酒招待，中午大吃一顿，晚上喝到天亮，他们一天的排场，可以让半村的人吃一天。那些不能参加陪吃的人，在旮旯里骂人。还有，那些故意制造气象的小头小脑们，趁机把自己暗地里挥霍的脏酒贪羊的数字，也记在他的头上。

统战部部长木沙陪着马力克下去的时候，就大胆地建议过能不能中午来一顿拉条子，马力克立马底气十足地噎他，说，拉条子，那是在家里吃的饭，下乡了，还有比奶茶更好的东西吗？都是天然的东西，牛们吃的都是中草药，水是山里滚下来的矿泉水，奶茶是麦草烧出来的，藏在麦草里的麦香，都渗进了奶茶里，那个香，城里奶茶有吗？你知道他们用的是什么盐吗？石头盐！老百姓的说法是母盐，是现在我们在城里吃着的白盐的祖宗，石头盐泡在矿泉水里用，那感觉是摇篮里吃把把儿糖的滋味。这馕是什么馕？旱田的麦子，没有施过化肥，面是水磨面，没有电，你没有吃出几百年前的那种甘甜干净老实的味道吗？木沙部长笑了，贼眼一亮一亮地说，市长，这馕的味道还有老实一说吗？马力克说，那么现在城里的馕不老是在折腾吗？搞那么多花样图什么呢？馕就是馕嘛，亲切，自然，烤得人心一样温暖，多好。城里现在的什么芝麻馕，酥油馕，葵花籽儿馕，牛奶馕，羊油馕，弄得馕本来的味道没有了，你吃着不就是充饥的棉花了吗？心不就野了吗？木沙部长说，城里人喜欢呀。马力克说，城里人喜欢的东西多了，你能都给他们吗？不能惯人的贪心，我们小的时候是怎么长大的？穿哥哥留下的补丁衣服，冬天的棉鞋补了又补，不完全是穷，是把你往一个道理上引，心不能乱，要活在原来的规程里。木沙部长贼眼又一亮，说，好吧，咱说一点实在的，这几天了，天天奶茶，肠胃里都唱小夜曲了，咱们不来一点硬实的东西尝尝吗？有的村长都安排好了，羊也准备好了。马力克说，好说，回城的时候，怎么折腾都行，我请客。木沙部长的肥脸往上一翘，说，你把奶茶说得太好了，在洁白的牛奶里，兑上湖南的黑茶，不是糟践了那些给我们白白牛奶的牛的灵魂了吗？洁白的牛奶，是天下最好的东西，喝牛奶不就行了吗？这奶茶是什么时候，谁人起的歪主意呢？把黑茶往白牛奶里兑，什么意思嘛。马力克说，我的统战部部长啊，这不就你说的那样，好牛奶和黑茶统战了嘛。木沙部长笑了，说，我服了，我老老实实地跟着你喝奶茶吧。马力克说，不是跟着我，是跟着你的心，我不会在这个位置上干一辈子，你记住，以后你下乡不会有人带着你品尝奶茶，跪拜奶茶，鱼肉你会吃腻的，那个时候，你会想起我的，你会明白，人的胃口，其实不是那么复杂的东西，人心复杂，贪心复杂。好多年以后，木沙部长到马力克的家乡去看他，想起他的这句话，说，老市长，当年你说的那些话，都电影一样出现在我的眼前了。马力克说，哪些话？木沙部长说，是关于奶茶和鸡鸭鱼肉的话题。马力克说，你还记得呀，其实，生活是简单的事情，但是很多人都贪污这个道理。

马力克的第三个外号叫柜台。这是一种隐秘的说法，圈子里的人都知道，指的是他迷恋柜台酒。外人要猜好半天，有人一次两次猜不到。他常常是独自来到卖散酒的酒馆酒铺子小酒店里，在柜台前一站，要二两酒，端起来昂起头一口闷，交了钱，长长地喘一口气，走人。黑脸上难得有一点红光。用他的话讲，一是省时间，二是没有麻烦，三是不要下酒菜，酒一口气喝到心口上，暖心眼儿，酒味儿不散，乐悠悠地回家。一般的情况下，他不喝群酒，人家请他，他即兴编一个借口，一般不给面子。在喝酒的问题上，他主要是自己的太阳自己看，秘密地到酒铺子里去喝，扭头回家逗老婆玩。朋友说他是野人野心，他说，酒这个东西，最挑人，脾气不在一个酒杯里的，放屁不看场合的，喝前是病猫，喝上了是疯狗的，都是麻烦的根源。喝酒是为了高兴，如果和狼心的人喝上了，和喜欢斗嘴斗心的人喝上了，吃亏的是你的神经。和一些朋友可以喝酒，和一些朋友可以喝水，和一些朋友可以传闲话，和一些朋友可以吃素面，狗和狗不一样，人和人也不一样，不能够勉强的，重要的是要弄懂那些有贼心的人在想什么，贼心这个东西，太可怕了，所以要远离贼心。

马力克的第四个外号叫乌斯麻。乌斯麻是新疆独有的染眉草，中指那么长，嫩绿，剁碎，放手心里压挤，浓绿的汤汁，滴落在小茶碗底座口里，点在姑娘们的眉上，衬托一种残酷的素美，突出女人烫心的丽眼。马力克喜欢买这种染眉草，农贸市场里，街头十字路口，都是上了年纪的老太太做这种生意，便宜，手腕大的一把，只要一块钱。他就十几把的买，在路上发给那些姑娘，要她们拿回家用。也闹过误会，那些姑娘以为他不是脏心人就是疯子，大街上，送这种性感的女人草，不正常。有的默言骂他，有的心里骂，有的小声地骂出来，马力克也能勉强可怜地听到，骂他是两性人。马力克不在乎，继续玩他的这个爱好。他的朋友伊萨克说过他，你是脑子有问题还是前面的那个把把子有问题？你惹弄这个女人草干什么？马力克说，我是可怜那些卖乌斯麻的老太太，主要是给她们做生意。你想想，那些姑娘，一块钱的染眉草不用，用几百块一瓶的化学染眉品，我坐不住啊。以后她们的眉被污染脱落了，怎么办？都是一些没了眉毛的鬼女在街上乱转，不恐怖吗？伊萨克说，你是女人的神吗？管那么多事干吗？或者，你用过乌斯麻吗？马力克说，你这不是骂我吗？伊萨克说，你干的就是挨骂的事儿呀朋友，今后不要玩这种骚草了，像男人一样活着吧。而实际上，朋友们还是能看见他常常在街上买乌斯麻的情景。伊萨克说，这鬼，肚子里一定是少一节男人的真肠子，没有办法。

据马力克的朋友们讲，他最大的秘密是出生地不详。前后算起来，故乡他说过四个地方，一是伊犁，在一次婚礼的时候大吹过，你哥哥我榆树一样坚强的儿子娃娃是在伊犁长大的，那可是好人好水好天下的地方啊。后来在乌鲁木齐读大学的时候，说自己是喀什人，说那里是人间天堂。后来参加工作的时候，说自己是和田人，祖上当年是做石头买卖的大家。结婚的时候，说自己是乌鲁木齐人，祖上是做地毯生意的大商人。朋友们问过他，说，你到底是哪里人？你出生的地方怎么这么多啊？他说，都是开玩笑，我真正出生的地方，我还没有给你们讲呢，只是机会没到。

马力克当上市长以后，朋友圈里欣赏他的哥们儿弄不明白，是谁在背后支持着他。因为当时有好几个哥们儿都在跑路子找门子，争这个响亮亮甜蜜蜜的位置。有一个叫卡斯木的哥们儿，到山里高价弄到了虎皮熊皮之类的东西，加上于田人一流的几大疙瘩羊脂玉，跑关系，自信地给自己的肾脏朋友透话，那个叫市长的名词，很快就是自己名字身后的一个光彩了。然而，很快，这个光彩突然落在了马力克的头上。卡斯木愣了，他的朋友们也呆了，说，太阳傻了还是醉了？不可能的事情啊？卡斯木说，考虑让这小子当市长，可能是他汉语好的原因了。他的朋友们下不了台，就用这个说法给自己一点退出的理由了。而在马力克的圈子里，更多的人弄不明白这个突然降临的幸福鸟，说他在上面没有人，平时也不做那种拜访磕头的功课，这么重要的位置，怎么会落在他的头上呢？

那天，伊萨克接住话题，说，对了，这个“头”字说得好，万事万物的缘分，都在人的头上。你头里面是什么，你一生享用忍受的就是什么，头里面的东西，是前定的，人子，是无法改变的。金钱美女，不是前定，是附属品，是太阳的影子，因而他们改变不了前定。咱们知道，马力克当上局长的时候，也是这个情况，没有人为他说话。那天咱们还在河边喝酒呢，晚上家里有通知了，要他第二天到组织部听命，结果是局长了。为什么呢？这个运气的抓手在哪里呢？在他那个不长头发的秃头上。大家听说过那个叫“国王和秃头”的故事吗？自古，秃头是最有福气的人。话说国王准备在集市日那天，在城墙上，给一庶民的头上，扔一疙瘩金子，要选出全城最幸福的一个人。大臣和随员们立马告知家人朋友，集市日那天一定要在城墙下跟着国王的影子转悠，注意国王手里的东西，当国王准备扔东西的时候，往那个方向跑，一定要让国王的东西落在自己的头上。集市日那天，城墙边挤满了人，庶民们呼喊着，国王没有理睬他们，转了几圈，国王把手里的金疙瘩扔向了正在路边脱光上衣，全心抓虱子的一个秃子头上。从此，最幸福的人就是秃头人了。朋友们都笑了，有人说，是这样，这是运气，马力克头上也没有几根头发，运气好。

马力克上任后，也秘密地探听过是谁在背后默助自己。但是都没有消息，正面的信息是，你是一个有能力，正派的人，组织上比较赏识你。第二年，他到乌鲁木齐开会的时候，才知道是他的老同学加拉一丁在秘密地帮助他。那时候，加拉一丁已经是一个富豪了，据说在地方和军队上，都很吃香。当马力克知道自己当年任局长也有他的手在里面的时候，他沉默了，心想，这么多年了，我没有和加拉一丁联系过，他又不告诉我这些情况，怎么会默默地帮助我呢？他图什么？那时候，加拉一丁的生意已经做到了国外，同学们都羡慕他，只有马力克没有联系过他。心里的隔阂是，和有钱的同学做朋友，总是要牺牲埋葬自己的个性和自由的，还不如欣赏自己的烂菜剩饭，过悄悄日子。

好多年以后，伊萨克探听出了其中的奥秘。原来是加拉一丁欣赏马力克的脾性，在大学读书的时候，他们在一个寝室，马力克爽快，喜欢帮助人。他是一个琴手，独塔尔琴弹得好，在大学的那些年，同学们聚餐，家乡来人看望他们，都是他带头热闹，自弹自唱，落实加拉一丁的安排。马力克活泼，加拉一丁总是能愉快地使唤他，叫他出去采购东西。特别是半夜的时候，家乡的朋友来看望，他就让马力克到二道桥夜市买酒、羊头肉和馕。他借自行车奔波，会麻利地完成任务。在更多的时候，加拉一丁晚饭时回不来，他就给他把饭打好，在窗台上盖好，等他回来吃。加拉一丁不能忘怀的一件事是，大二的时候，他和大四的一个汉子打架，为了一个女同学。他看上她了，在排队打饭的时候，露出白牙嬉笑着调情，女同学的男朋友发怒了，晚上摸到寝室，带着人把他打伤了，他胳膊流血了。马力克从校食堂找来手推车，和同学们一起，把他送到了医院，医生缝了十二针，包扎好伤口，送他们走了。后来，在一次喝小酒的场合，伊萨克把这些情况告诉了马力克。马力克说，我也是后来知道的，加拉一丁是个汉子，后来来往少了，只是他走了商道，不好相处了。他出行是高级轿车，我是自行车，走不到一起呀。伊萨克说，现在看来，加拉一丁不是那样的人，他没有变。马力克说，是的，他守住了自己的本分，这是我没有想到的。那时候，有钱的人几乎都飘起来了，我就看错了这个加拉一丁。

我上任一个月以后，找已退休在家的政府办主任刘宏，了解了一些情况。刘宏给我讲了许多事情，说，木斯市是一个流金流银的地方，它外在的魅力是迷人的，但它的暗流是复杂的。这个城市主要是机会多，条件好。想争宠的，目的藏得很深，想争利的，曲线贩卖高尚，肚子里面有肚子。麻雀的心在麦子上，人的心在金子上，时间长了，这人际关系就微妙了。谈到马力克的时候，他说，马市长是一个干净的好人，我们这里有顺口溜：买买提市长是黑天，吾拉木市长是阴天，马力克市长是青天。马力克市长是一个罕见的清官，对自己要求得很严，我给你讲一个小故事，市长有一个羊圈，自己养羊育肥，秋天的时候自己骑自行车扫树叶子，每天都是几麻袋，储藏起来，冬天喂羊。我问过他，我可以从邻居团场里给他解决苜蓿之类的草料，他不干，说，影响不好，再说了，这树叶是纯天然的东西，羊吃了，肉香。在我的观察里，如果说马市长拿了公家的什么好处，可能也就是拿了那么几条装树叶用的破麻袋吧，除此以外，他没有任何污点。吾拉木阴天是他的前任，从外号就可以看出来，他是捞了不少。我们本市不产生市长，都是外市外县调任。吾拉木把亲戚调来了，在邪道里给他们好处，让他们成立公司，都发起来了。吾拉木的前任是买买提黑天，这人外表看，演员一样笑脸洋溢，心里面石头一样黑硬。开发区里最好的地段，几乎都给了他的朋友同学的关系，那些地，可以说是白给，象征性地收几个钱，没有人管，也管不住。马市长是另一种类型的人，他懂脏和干净。可能上面给马市长交代过，马市长来了以后，做了许多规定，很注意廉洁问题。干部们都说他是奶茶市长，办公室的人，一听说马市长要下乡调研，头疼，心慌，几天下来，不能好好地吃上一顿饭，天天奶茶。他的两个前任，下乡，那是过年和旅游，回来的时候，每一个人都是几大箱的东西，吃的用的，什么东西都有，影响极坏。在木斯市当市长，不容易。

马力克是一个不注意穿戴的人。他来木斯市上任的那天，刘宏发现他穿的衣服不像那么回事儿，腰带已经磨损了，白点黑点的，不像个市长的腰带，鞋是民间师傅制作的那种手工皮鞋，粗糙，鞋底上加固了一片厚实的牛皮，显得牢固，但笨重，没有样子。这事儿，刘宏不好说，又找不到一个能点破的办法，很是头疼。想过给他买新衣服和新鞋，但又不敢，那时候还没有摸准马市长的脾性。后来，刘宏通过木沙部长，婉转地把这个意思说到了。木沙部长说，好，我也注意到了，我给他讲讲。后来木沙部长给马力克讲了，马力克说，又不娶媳妇，穿那么亮堂干什么。电视上你没有看到吗？共产党从前都是穿补丁衣服的呀。结果，这事儿，也就随他的脾性了。

马市长喜欢晒太阳，经常下午坐在市委大楼右角的台阶一边，看着路边的行人，晒太阳休息。还是那种在家乡时候的穿戴，旧鞋，旧衣服，脸还是几天没有刮，黑脸配上黑胡子，与煤矿把守井口的汉子没有两样。木沙部长说过几次，这样不雅，你是市长，脸要天天刮，不能随便出来坐这里晒太阳，你可以到公园里去晒呀！马力克说，怎么好意思到公园和花儿草儿争太阳光呢？那里的太阳光是属于花草树木的呀，这里的太阳光才是属于我们的。不雅什么呀，你这个统战部部长，你的针眼太多了，你哪儿来的那么多针线呀，太阳照到身上，身子热了，骨头热了，开会就不打瞌睡了，这不好吗？你批评我没有刮脸，我接受，刮脸刀片用完了，下班我就去买。坐下，咱们一起晒太阳，你天天把领带收拾得那么整洁，像个天堂的联络员，不是故意臊我吧？你是市长还是我是市长？你应该向我看齐，朴素一点嘛，我们都是农民的儿子嘛。你这领带这么漂亮，是你自己的吗？木沙部长笑了，说，借的，是我妻哥的。马力克说，看，你周围充满了好人，你妻哥把妹妹嫁给你了，又把这么好的领带借给了你，多么豪迈慷慨的人啊。木沙部长说，他妹妹我是拿钱娶的。马力克说，哦，你提醒我了，我还以为你是赊账娶的呢。我的意思是，你够幸福的了，你妻哥还肯借给你领带，我妻哥早就不理我了。好，坐好，坐式和我一样，把两腿叉开，让太阳照在小肚子上，你所有的神经就开始流动了，每天晒一小时，年龄就往后退一个月，身上就筋是筋，骨头是骨头。这个秘方，很多人都不懂，我今天是破例赐给你了。木沙部长笑了，说，谢谢马市长，晚上我请您喝酒吧。马力克说，那就我们两个人，喝酒，其实是一个毛病，不能让人发现，要秘密地进行。木沙部长在心里说了一句，这个人脑浆里不会有问题吧。

一天，马力克在市委大楼前晒太阳，迎面来了一个瘦小的汉子，问候了一声，靠在马力克身边坐好，咳了两声，看了一眼马力克叉开两腿坐着的姿势，小声地、恭维地说，好汉，听说这楼里有个叫马力克的维吾尔族市长，是真的吗？马力克说，有，有一个。你找他？瘦汉子又恭维地说，是的，这楼里让进吗？马力克说，我就是你找的那个市长，有什么事儿，你说吧。瘦汉子愣了，立马眼睛里出现了那种被耍了的感觉，他一笑，说，请原谅，我是从伊犁来的，有事要见市长，这楼里，让进吗？马力克说，让进，走，我们进去，我说了，我是市长呀。马力克收腿，站起来，双手拍了拍屁股，带着瘦汉子，进楼了。上到三楼，打开了自己办公室的门，把瘦汉子让进了办公室。瘦汉子又愣了，呆在那里说不出话来了。马力克说，您坐，我就是市长，不像吗？就是今天没有刮脸，您要是明天来，我就像了。您说吧，什么事儿？瘦汉子说，谢谢，请原谅，我是一个粗人，但是我有困难。瘦汉子把自己的情况讲了一遍，把一张介绍信递给了马力克，说，我就一个儿子，儿媳在你们市医院工作，我爱人病了好几年了，家里没有人做饭，儿子也不能安心工作，孙子三岁了，一直在我大女儿那里，我是没有办法，才来找你的。我跑了两年了，每次都是找人事局，但是办不成，说他们外科医生少，不能放人。马力克看过介绍信，说，知道了，你要调你儿媳的工作去伊犁，有困难，有接收单位，你又是一个老实人，好。你坐一会儿，我给你办。马力克打了一个电话，一会儿后，有人敲门，马力克应了一声，一个魁梧的汉人进来了，马力克把那张介绍信递给来人，用汉语说，张局长，看看这个，很急，伊犁有接收单位了，是地区医院，这位同志的儿媳在咱市医院工作，家里有困难，你就给办手续吧，争取今天办完。这事儿，自治区一位领导说话了，刚才打来了电话，你抓紧办吧。张局长说，好，马市长，我争取今天办完，如果来不及，一定在明天上午办妥。马力克说，好，那你去吧，等一会儿我叫秘书带着这位客人找你。张局长说了一声好，出去了。马力克看着坐在沙发上惊奇地望着他的瘦汉子，说，汉族话，你能听懂吗？瘦汉子说，听不懂。马力克说，你的事，我已经给他们安排了，最晚明天上午能办成。如果有人问你，你就说你找过自治区的一位领导，剩下的事情，什么也不要说，明白了吗？瘦汉子说，明白了，市长，非常感谢您，我会的，愿真主保佑您。完了我会回来感谢您的，我叫伊布拉因江，我一定会回来感谢您的。说着，瘦汉子流泪了。马力克又打了一个电话，叫来秘书，吩咐他带着客人，到人事局找张局长，帮着给办好调他儿媳工作的手续。

那年秋天，马力克到地委开会。第三天下午，接到了一个匿名电话，他很愤怒，对方威胁他说，如果不给他办那件事情，就要剁掉他的一只手臂。这个电话来了两次，说完就挂了。他让秘书查这个号码，结果是街头的一个公用电话号。马力克想了一下午，想不起来会是哪一件事，但是知道自己这几年是得罪人了。他没有吃晚饭，躺在床上，看窗外朦胧的树林，心情复杂，脑子很乱。他没有给秘书打招呼，自己一人出去了，顺着小路，来到了老水磨后面的夜市，选了一个角落，坐在一家烤羊肉摊子前，要了十串烤羊肉，还要了一瓶当地的酒。打开酒瓶子，端起来吹了一大口，咽下去，摇了摇头，把酒味吹走后，吃了一块羊肉串。马力克喝到一半的时候，一个孽障汉子，在他的头上晃了两下，挨着他，坐在长条凳子上了。马力克看了汉子一眼，微弱的灯光下，汉子脸满颓废和绝望，像地狱里最后一道恶门，弥漫着咬嚼生命的恐惧。汉子说，酒友，你认识我吗？马力克说，不认识。汉子说，那你看我干什么？马力克说，不知道，今天的眼睛不是我自己的。汉子说，我是在天堂里掌管月亮的神灵，今天到你们的人间里散发光明来了。马力克说，光明是干什么的东西？汉子说，是盐的朋友，你睁不开眼睛的时候，光明帮助你。我这里有一个光明，你可以见识一下。汉子从衣兜里取出一个大酒杯，说，见过这个形状的光明吗？马力克说，没有。汉子说，问一下你那酒瓶里的酒，也许它知道。往往，不会说话的东西，是最最可爱的，因为它们不吃剩饭，它们是第一眼泉水的朋友。马力克说，我把酒倒在你的光明里，你自己问吧。马力克抓起酒瓶，往汉子的酒杯里倒了一满杯酒。汉子把酒杯送到鼻子前，闻了闻味道，端起来大口喝完，美悠悠地缓了一口气，说，其实，我的鼻子，嘴唇，酒杯，舌头，都不是我自己的，只有牙齿是妈妈给的。天堂里的月亮，是我做出来的，只是人间不买账。你们的人间啊，到处是鲜花，是那些候鸟的祈祷灌溉了它们的艳丽，但是你们不知道，风知道，雨知道，时间知道，但是它们都没有嘴巴，像石头。马力克给汉子又满了一杯酒。汉子端起来喝完，把酒杯装进了衣兜里。马力克给了他一块馕和一串烤肉。汉子谢了，说，其实，我是一个迷恋幻觉的人，不配吃这么好的东西。汉子走了。

马力克的酒喝完了，但是心还没有静下来。他和烤肉师傅又要了一瓶酒。师傅说，客人，一瓶不多吗？马力克说，可以，一半叫刚才的那个天堂客喝了。师傅给他拿了一瓶酒，说，他哪里是天堂客呀，是我们这个夜市的幽灵，喝百家酒，转几圈，酒喝到眼睛里的时候，就倒在门警的屋里睡觉了。马力克说，看来是精神有问题。师傅说，他名字叫米吉提迷恋，早年爱上了一个叫米拉的混血美人，可是那姑娘没有把他当一回事儿，人家是富人的闺秀，米吉提迷恋这名字叫金疙瘩，屁股上没有裤子，最后那个米拉和家人一起出国到澳大利亚了，于是米吉提迷恋的爱，就成了现在这个样子了。马力克说，哦，可怜的人啊。师傅说，其实，也没有什么意思，过分地迷恋一个女人是不正常的，天上有多少颗星星，地上就有多少个美女，一个不行还会有一个嘛，盯着一只鸟不放，也不是过日子的男人。马力克说，是的，道理上是对的，现实上又是另一回事儿，可怜啊。

马力克打开瓶盖子，瓶口放进嘴里，又吹了一大口。几串烤肉吃完，酒瓶也空了。他付过钱，站起来，摇晃了一下，看着师傅，说，今天不好意思，酒，在瓶子、瓶子里，静、静悄悄的，进、进肚子里了，就玩人了，都是水，但是、水和水不一样了，丢丑了，请原谅。你的烤肉烤得好，炭火，是你自己的吗？这么香的炭火啊，再见，我走了。师傅笑了，说，再见，有空来玩，好客人。

马力克走到夜市拐弯处，为了躲迎面来的一辆自行车，倒在右边一处卖烤全羊的摊子上了。那个骑自行车的人，立马过来，把他扶起来了。马力克摇晃了几下，站稳，看了一眼骑自行车的人，说，哥们儿哎，夜市里，猴子屁股这么大的路，你也、你也骑自行车吗？那人愣了一下，看清马力克是喝多了，说，对不起，我以为是骆驼那么大的路呢，请原谅。马力克说，这不是沙漠，骆驼在沙漠里呢。正说着，卖烤全羊的商贩走过来了，说，客官，沙漠在哪里我不管，我的两只好烤全羊翻地上了，谁给我赔偿？马力克转身找那个自行车汉子，人已经不见了。说，刚才那个骑自行车的人，他喜欢翻在地上的烤全羊，你找他吧。烤全羊商贩说，那厮已经回家睡老婆了，我把这幸运地倒在地上的烤全羊给你包上，多了我不要，给两千块钱就行了。马力克说，不麻烦，男人嘛，出来玩，是要交学费的，是要上税的。但是，我身上没有这么多钱，我到宾馆去拿吧。烤全羊商贩说，那我和你一起去拿吧。马力克说，你在这里等着，我是说话算数的人，我去给你拿。烤全羊商贩说，我和你一起去，我也放心呀。马力克说，你去了，我的同事们看见了，会不好意思，我是说话算数的人，请你相信我。烤全羊商贩瞪着眼睛说，我怎么能相信你呢？我只信我的妈妈，连爸爸都有可能是假的。马力克说，哦，你，你这个生意人，说话这么霸道。马力克的话音还没落，刚才那个卖羊肉串的师傅跑过来了，说，哎哎，艾海提烤全羊，没有见过钱吗？男人说话，男人不信，你是怎么混的？你让客人走，如果客人不来，明天早晨钱我给你，一晚上的利息我也给。艾海提烤全羊说，艾力串串，你也太狂了，我什么样的人没有见过？就你是男人，我是蹲着尿尿的人吗？我和他一起去拿钱，这个话我说错了吗？艾力串串说，我刚才听见了，人家有难处呀。再说了，答应赔你了，如果不赔，你能怎么样？你不要尿得太臭。艾海提烤全羊说，好吧，就你的歪嘴会说，这么多人，都能做证，那我明天和你要钱。艾力串串说，你这才像个男人。艾海提烤全羊说，你就信这个人？你看他模样，比烧火棍还黑，不可能是一个站着尿尿的人。听到这句话，马力克昂起头，凶恶地看了一眼艾海提烤全羊，上前一步，一头甩过去，撞在了艾海提烤全羊的鼻梁上。艾海提烤全羊的鼻子撞坏了，顿时满脸血红了。艾力串串转身抱住了马力克，说，好客人，动手动脚是可以的，动头不可以，头是尊贵的，不能乱来。艾海提烤全羊脱下外衣，擦自己脸上血的时候，维持秩序的警察过来了，大眼睛警察说了几句，前后看了几眼情况，说，什么情况？艾力串串把情况讲了一下，说，没事儿了，我会处理好的。大眼睛警察说，你会处理好？那我在这里是放驴的吗？这个酒鬼太狂了，打人。鼻子是最重要的地方，能打成这个样子吗？鼻子不出气，屁股又不好出气，人不就死了吗？艾力串串说，人的哪个地方不重要呢？已经这样了，你就相信我吧，我摆平。大眼睛警察说，你少啰唆，去吆喝你的串串去，每次出事你都搅和，想干什么？想继承我的枪把子吗？艾力串串说，不敢，我这辈子玩好我的串串就行了。大眼睛警察说，人我要带走，让艾海提烤全羊自己去医院看病，怕票[①] 明天带来。马力克艰难地睁开醉眼，看着凶脸大眼睛警察，说，娃娃，你是公安局的还是派出所的？大眼睛警察恨恨地看了一眼马力克，说，你问什么你？给我的裤带娶老婆吗？看你那屌毛样，跟我走，扰乱治安，打人鼻子，你就坐几天班房吧。马力克说，娃娃，你几岁了？大眼睛警察的眼睛睁得更大了，说，醉鬼，你的舌头还要不要了？我几岁了？我是你爷爷！跟我走！马力克说，什么，你没有舌头？哦，你妈生你的时候，把你的舌头贪污了，你妈有点不善良。大眼睛警察气坏了，伸出大手一巴掌把他打倒了，说，你这个醉鬼，欠揍！立马从腰带里取出手铐，铐住了马力克的一

---

① 怕票，“发票”一词在维吾尔语中的发音。

只手，把他拉到墙根下的白杨树跟前，铐在了白杨树上。马力克抱着白杨树，说，娃娃，嗨，娃娃就是娃娃呀，让你的所长来，你那个一巴掌，明天就生娃娃啦，没有舌头、不会说话的娃娃。艾力串串来到大眼睛警察跟前，说，大人，你这样铐客人不对，这人长的是没有样子，但是不像混混。他刚才是在我的摊子上喝的，但说话结实，听口音，不像是我们这里的人，你不要乱来。这几天，羊肉的价格下来了，咱们舒心过日子不好吗？鸭子过去鹅过去，放人吧。艾海提烤全羊的那个损失，我负责赔上，这哥们儿不会说假话。大眼睛警察说，你什么时候都是老把式，好人都让你做了。不行，我要把这个老贼送进黑号子里去，让他尝尝那里的毒拳头，让他的那个硬东西蔫下来再说。艾力串串说，我多说一句，你也不要太硬，咱们都蔫一点。走，到我的摊子上喝几杯。大眼睛警察说，你少啰唆，没有听见他刚才骂我的那些词儿吗？连我妈妈都骂了。我要把他关进黑号子里去，交代给那几个亡命徒，过过手瘾，给我修理修理，出来就同性恋了。艾力串串说，结仇，是许多黎明和黄昏的麻烦，你忘记这件事吧，艾海提烤全羊已经到医院包扎鼻子了，客人是醉了嘛，我会摆平的。大眼睛警察说，屌毛，我是我爸爸的儿子，是有出生证的人，这个仇，我不能放过。

大眼睛警察和艾力串串说话的时候，马力克抱着白杨树，嚷嚷开了。大眼睛警察说，我 ×，我叫人开警车来，立马把这老贼扔黑号子里去。艾力串串走到马力克跟前，说，客人，我们这个警察脖子硬，你说几句软话，走人吧。马力克迷糊着醉眼，说，师傅，今天我是丢人了，我这个人舌头硬，软话说不出来，帮我一个忙，你帮我打个电话，我有一个朋友，叫王旭，是你们这里公安局的局长，你把情况给他讲一下，我叫马力克，外号叫奶茶。你不说外号，他闹不明白是哪一个马力克。艾力串串愣了一下，说，好，好，我去拿笔，把电话号记上。艾力串串回摊子去拿笔了。大眼睛警察走到门警室，打发人叫警车去了。

艾力串串来到夜市外路口的电话亭，打通了王旭局长家里的电话，把情况给他讲了一遍。王旭局长说，你叫什么名字？艾力串串说，艾力，在市场卖羊肉串的，叫艾力串串。王旭局长说，好，我马上到。

大眼睛警察叫的警车刚到，王旭局长的车也赶到了。王旭局长走进夜市，四周扫了一眼，眼睛停在了围着马力克看热闹的人群中，他小跑赶到的时候，大眼睛警察正在给马力克开手铐。王旭局长走到马力克跟前，双手握住了马力克的手，说，马市长，对不起，恕罪，恕罪。大眼睛警察听到这话，呆了，蔫在了那里。马力克说，王局长，你的手下厉害呀，本事大，可以把人变成牲口，牲口变成人呀。王旭局长说，马市长，对不起，都是我管教不严，恕罪，恕罪。王旭局长向身边的司机小声地说了几句后转向马力克，说，马市长，你先休息一会儿，我司机带你去，我处理完这事就去见你。马力克说，好，我先走，今天没有你，我可能命也保不住了。王旭局长的司机，领着马力克走了。王旭局长和马力克道别的时候，派出所的所长赛买提也到了，说，王局，我到了，请指示。王旭局长说，好，你叫人把夜市里的那个门警室准备好，咱们等一会儿过去问情况。赛买提所长说，好，这就办。赛买提向手下人安排事儿的时候，王旭局长叫了一声，谁是那个艾力串串？艾力串串从王旭局长背后站了出来，说，是我。王旭局长握住他的手，说，你找几个知道现场情况的人，和我到夜市门警室去。艾力串串说，好，局长。王旭局长看着大眼睛警察手里的铐子，说，你叫什么名字。赛买提所长抢先一步，报告说，他叫艾尔肯。王旭局长看着赛买提所长，说，赛所长，这个名字在维语里是什么意思？赛所长说，是自由的意思。王旭局长说，哦，原来是这样，你个艾尔肯警官，你好自由呀，就那么一点小事，你不去想办法息事，反而和人家斗起来了。我看你才是罕见的儿子娃娃。赛所长，把这个艾力串串叫来的人带上，咱到夜市门警室处理这事儿。

大家都来到了夜市门警室。王旭局长听过情况介绍后，把艾力串串和他带来的人送走了。他对艾力串串说，谢谢你，哪一天我来吃你的羊肉串。艾力串串说，局长来了我高兴得很呀。艾力串串和他的人走后，王旭局长看着赛所长，说，赛所长，针眼大的事儿嘛，把你的人管好。什么事儿嘛！人家客人是外市的，影响好吗？醉成那样了，铐在树上，人家不骂我们嘛。这不是小事，你这个艾尔肯不换脑子要换名字，这不行。你处理好，我们不能自己糟践自己。人家抱着大树，一口气缓不过来，死了咋办？都是尿尿！

赛买提所长送走王旭局长，看着艾尔肯，说，听见了吗？你狂惯了，我的话你听不进去。加上这次，今年你是第六次犯规了。这好玩吗？刺激吗？你身上长东西吗？你裤裆里的那个把把子怎么这么硬呀你！把枪、手铐、警棍什么的，都交给我，明天开始在所里烧锅炉吧。明年的这个日子，写出能让王局宽恕你的检讨，咱们再说你的工作，如果你心里不服，你还得烧锅炉。兄弟呀，遇事，咱们有枪的人，还是蔫一点好。那是老百姓呀，人人都是往上走，息事过日子，你总是喜欢滋事。艾尔肯警察低下了头，说，我服从命令。他把枪和手铐等警械，交给了赛买提所长。

一年以后，王旭局长在木斯市和马力克喝酒，说过要他戒酒的事。马力克说，我知道，大家对我有意见。年轻的时候，染上了这个恶习，现在，不好改了，也离不开它了。再说了，工作有压力，没有酒，我拿什么平衡脑袋和神经呢？市长这个位置，名字好听，活儿不好干。有笑着骂你的，有哭着说你好的，有暗地里往你的精神里泼脏水的，有造谣的，有用最好的词儿讨好你的，有打匿名电话的，有些嘴非常不要脸，屁股比他的嘴好，有些眼睛是最脏的垃圾，有罪恶的贪腐，有些口红简直就是毒药。这些事情，你都要知道，你都要面对。下班了，回家了，没有酒的帮助和安慰，那是不行的。什么时候精神上受不了了，半瓶酒晃荡完，第二天，精神就好了。我现在是尽量少喝，也开始要奸了。不想喝，恶心的时候，就把嘴里的酒秘密地吐在茶碗里，保自己。看吧，退休的时候，也许能戒了。

政府服务中心的司机克里木说，那年秋天，马力克坐着他的卡车，回了一趟老家。我上任三个月以后的一个周末，克里木请我到他家吃饭。前两次，我都拒绝了，这次不去，就伤着他的执着了。克里木是一个善谈的人，会来事，什么时候看他，都是笑脸常在，就好像是笑着出生的人。在圈子里，人缘好。吃完饭，克里木拿出好几样酒，要我选，我选了一瓶伊力王酒。克里木说，伊力王酒不错，但是他那瓶茅台，也存了十年了。我说，这伊力王酒，劲大，第一杯酒从喉咙里下去，动脉静脉都会睁开眼睛倾听酒虫子们的悄悄话。风干羊肉炖得特香，盐到位，把羊肉骨头里的香味也拔出来了。

第三杯酒以后，克里木笑着对我说，市长，我给你讲一讲马力克市长的几个故事，想念想念他。他是一个好人，他首先是一个真人，而后是市长，我们都喜欢他。领导、群众都喜欢他。有的领导批评他喝酒多，这个就没有办法了。据他自己说，他十六岁就学会喝酒了。他说，他们家乡的人，都是从小染上了这个坏毛病。我说，马力克市长平时和你们喝酒吗？克里木说，喝，外面不喝，都在家里，主要是在他自己的家。每次都是请一个人，和他自己，两个人一瓶子喝干，就结束。他来得快，大杯子分两次，半个小时就能结束。我说，那就是不张扬，怕人家说闲话。克里木说，是这样，他是一个独特的人。人家说有点怪，我看不怪，我们司机都喜欢他，什么时候到他家里去，他都高兴，请我们喝几杯。有的时候，他突然到家来找我，说，怎么没有围上围裙做饭？要向汉族的男人学习，做饭，帮老婆洗衣服。要改变以前那种油瓶子倒了也不管的情况，什么都是老婆伺候，现在女人们不是都工作了吗？已经有小道消息了，据说，以后男人不会做饭的，要抓进去修理。我笑了，说，马力克市长这个人，的确好玩。

克里木说，那年秋天，是他上任的第二年，那天早晨我开着车，准备到煤矿拉煤，在政府办公大楼遇见了他，我停下车，下来向他行礼。他说，我想坐你的车逛逛。我说，好啊，那咱们走吧。我以为他是开玩笑，他却走过来上车了，坐在驾驶室里，笑着要我开车。他说，他会开卡车，以前在家乡，到煤矿拉过煤。我说，咱们上哪儿？他说，慢慢地上公路，向着太阳落山的方向开。我说，那个方向，好几条路的，具体是哪个方向？他说，你先上了，拐进大公路的时候，车轮子就会告诉你的。我笑着上路了，拐进公路上的时候，走了一会儿，我放慢了车速，他明白我的意思了，说，秋天的时候，最好的地方是你出生的那个地方，那里的水，风，美食，是延续生命的长寿药，但是很多人不知道这个秘密。在秋天，在故乡的秋风里，有一种味道，能让你回想童年的甘甜和王子一样的自由，花儿是花儿，石头也是花儿，所有的东西，都是诗人沉醉的作品，这样的幸福，是一日胜于百年的幸福。刚才看到你，我就想起了那年在家乡开车到煤矿拉煤的情景，就想回家乡了。回到家乡的时候，我给办公室打个电话，就说我带你出去了。我说，没事儿的，到煤矿拉煤，有的时候是要排几天队的。

我们来到一个十字路口的时候，有一汉子举手拦我们的车。我看了一眼马力克市长，他说，停下，问一问去哪里。我把车停在了路边，下车握住了拦车人伸过来的手。那人是一个皮货商，说有一车羊皮要拉到马力克市长家乡去，是顺路。我说，货在什么地方？皮货商说，在路边农贸市场的仓库。我说，车上的那个人，是我的领导，我这是公家的车，我问一下。我回头，上到车上，向马力克市长说了情况。他说，讲好价钱，装货吧，我们也是空车呀。我看了一眼马力克市长，意思是，拉就拉了，公家的车，收人家的钱，怎么弄？马力克市长说，拉上，钱你可以加油啊。我笑了，心里说，钱是好东西，干什么不好。于是我和那个皮货商讲好价钱，把他的货拉上了。中午吃午饭的时候，我们把车停在了蓝湖驿站，这里的大盘鸡有名，还有大盘鸡杂。走进66好大盘鸡店的时候，那个皮货商说他请客。我说，不行，我们领导在这里，我请你们。马力克市长说，都一样，先把鸡要上。我们要了一整盘大盘鸡和一大盘鸡杂，老板说有热花卷，也要了一盘，就吃上了。马力克市长吃得很香，我说，领导，给你来二两伊犁的好酒怎么样？他说，算了，再说了，我认识的那个牌子，这孤独的驿站不会有。那个皮货商说，这里我很熟，什么样的好酒我都能找到，是什么牌子？我说，伊力大老窖。皮货商说，老姜的铺子里有，他那里除鸡的奶水以外，什么都有，我去搞几瓶。

皮货商出去了，我向马力克市长说，你也该放松一下了，坐卡车是很累的，我看那个皮货商看着还顺眼，来几两，暖暖心骨。皮货商提着一袋酒回来了，是小瓶子的伊力老窖。皮货商要来酒杯，倒了三杯酒，说，今天高兴，主要是顺，我刚来到公路上，就看见你们的车了，很顺。我叫艾山江，家住乌尔禾，外号皮货，不讲这个外号，人家找不到我。我们今天是有缘分，不容易，我敬你们一杯。我说，我开车，不能沾酒。艾山江皮货说，三五杯酒不要紧，上路的时候，把车窗户摇下来，戈壁滩上的风一吹，什么都没有了。那天，我们三个人，喝了两瓶，马力克市长很高兴，说，今后回家，午饭就在这里吃了，这个回族人开的大盘鸡店，的确是有味道，看来，这一带是水好。艾山江皮货说，鸡也好，都是山区里吃蚂蚱长大的鸡。马力克市长看着艾山江皮货，端起酒杯，说，说得好。在路上认识的朋友，在医院认识的朋友，都是不能忘记的朋友，我敬你一杯。艾山江皮货笑了，眼睛一亮，说，谢谢领导，我很高兴，你很渊博，我长见识了。

我说，的确，这个老市长，懂得太多了，碗里的东西和碗外的东西，都懂。克里木说，就是，我们都佩服他，也因为他很随便，活得自在，不拿自己的市长身份捏人。那天，艾山江皮货说，你刚才说了两种不能忘记的朋友，我很感动，我是一个没有见过学校大门的人，喜欢听这样有筋骨的话，谢谢你。马力克市长说，那好，我多说几句，路上的朋友为什么重要呢？因为我们都在路上，在路上，我们本能地有求于对方，富翁和穷人，学问家和樵夫，皇帝和乞讨的人，自古都在路上，在路上结识的朋友，是肝脏朋友，因为我们互相搀扶着，安慰着，走完了我们的路，这是非常了不起的。为什么那些富人和富人们，没有在同一时间里，走在同一路上，成为朋友呢？不是命运，而是躲藏在时间背后的私生子时间在那里安排，你就是拥有一座城市的财宝，到时候你也必须在不是你的那个时间里上路，那天的路，本来不属于你，你不知道，路明白一切，但是路不说话，只有路友，才能帮助你。就说我吧，早晨出门，我没有出远门的计划，看到克里木，看到他的卡车，我猛然有了回家乡一趟的念想，这不是我的意志，但是是我隐藏的精神渴望，人生，就是这个东西厉害，它默默地引领你的欲望，捆绑你的欲望。那么，在今天的路上，我们在想象不到的情况下，相识了，而且在这里喝酒，做了交流，成了朋友。为什么呢？因为我们在路上，在路上，一根烧火棍和那个汉人孙悟空的金箍棒的价值是一样的，你有一碗水，我有一块馕，我们在那些风雨的天气里走过来了，这才是辉煌。人气是人气的护身符，是这个东西把我们啮合在一起了。这样的朋友，能忘记吗？在医院里认识的朋友也是一样的，我们是为了保住生命上医院的，死亡，在我们的背后威胁我们，我们已经看得很清楚了，生命不再是美好永恒的东西，那些病友为什么那么亲切呢？因为我们彼此见证了躲在我们眼神里的死亡，准确地说，我们发现了死亡，我们变得沉重而坚实实在了，因为在我们的生命里，有一个叫死亡的东西，垃圾一样腐臭着，在等待我们回到它的烂场里。于是那些病友，凝固在了我们的眼神里，成了我们生命记忆里的一部分。我们为什么看重朋友呢？因为朋友是圣人一样高洁的东西，给圣人不能讲的秘密，给爹娘不能讲的隐私，给老婆孩子不能讲的丑陋，是要给朋友讲的。天下一切男人的秘密，最后的归宿，都在他的那个肝脏朋友那里。生活是多么甜蜜呀，再坏的男人，也是不孤独的，他们都有机会留下自己的洁白和黑幕，他们不是闭着眼睛告别这个世界的。因而，一个懂事的男人，应该一生都在寻找自己的肾脏朋友，这是和生命一样重要的东西。

那天，艾山江皮货激动了，站起来，给马力克市长敬了一杯，说，我今天是遇见圣人了。马力克市长喝完酒，把杯子放好，说，不要这样，哥们儿，没有圣人，人人都是自己的圣人，只要你相信你自己，你就是你自己的福气，幸福在每一个人的脚下，不要看不起那双臭脚臭袜子，它们会把我们带到最好的地方，那里有鲜花，有好肉好饭，有好床，有精美的地毯。克里木说，那天，的确是一个不能忘记的日子，我也没有想到能认识一个皮货商，马力克市长能说这么多事情。艾山江皮货激动了，说，今天太好了，认识你们，是我的福气，我也想给你们多说两句，我是一个文盲，十岁的时候，爸爸出车祸死了，十一岁的时候，妈妈改嫁了，第二年，爷爷从和田赶过来，把我领走了。我爷爷是个打馕的师傅，我就跟着爷爷学打馕了。我十八岁的时候，回来找妈妈了，妈妈给我完了婚，我就在市场上开了一个馕店，生意不错，十几年下来，也挣了一笔钱，后来我开了一个肉店，情况一年比一年好，后转向批发了，也挣了一笔钱，几年后，又转向皮货生意了，皮货生意一年比一年好，主要是发往内地。我现在有两个儿子，都上学了，那个馕店和肉店，我租给了别人，在乌鲁木齐，买了一套楼房，将来儿子们考上大学的话，就搬到乌鲁木齐去住。很高兴认识你们，我会去木斯市看望你们的。克里木说，那天，马力克市长也激动了，说，好，认识你极好，我就喜欢像你一样艰苦长大的人，你不容易呀，好在你坚强地走过来了，还在往上走。好，今天这个饭，这个酒，咱们吃得好喝得好，谢谢你，以后你来找我，我要交你这个朋友，你十二岁就学习打馕了，不容易，我佩服你。来，我敬你一杯。

克里木说，马力克市长很动情，特意邀请艾山江皮货到木斯市找他。那天，我们都高兴，这艾山江皮货也真够意思，懂事，走的时候，他不让我结账，说要我赐他一个记忆，他要在心里留下今天的时光。傍晚的时候，我们赶到了马力克市长的家乡，把艾山江皮货的货卸掉，我把马力克市长送到了他爷爷家里。后来才知道，是我们的木沙部长告诉我的，马力克市长也是一个有着不寻常经历的坚强男子汉。那个艾山江皮货的运费，我没有收，我说，我们已经是朋友了，不说钱的事情了。一个月以后，艾山江皮货到木斯市找我了，我们喝了一场酒，我把马力克市长的身份告诉了他，艾山江愣了，连声说了几句啊啊啊，呆了，说，我长这么大，没有做过坏事，没有黑过人，没有做过对不起爷爷和妈妈的事情，看来，我遇上贵人了。实际上，艾山江皮货的好运来了，可以说，马力克市长真的帮了他一个大忙，在开发区正在建的美食一条街上，给他划了三亩地，解决了贷款，帮他建了一座三层小楼，把他安顿下来了。他不再做皮货生意，到我们的城市开饭馆了。我说，有意思，克里木，这么多故事，我明白了，老市长不是一般的人，他人走了，但是好名声还在我们那里。了不起，明天下午下班的时候，咱们到艾山江皮货那里去一趟，我要见一下这个人。克里木说，好，好，我安排好。我说，不要安排，咱们自己去。

第二天下班的时候，我们来到了开发区的美食街。这是一条南北方向的长街。在这以前，副市长付荣带着我来过，几乎是好几个民族的美食都集聚在这里了，老板们摆在店前的各种美食，看着就让人有食欲，有维吾尔族人的羊羔肉，烤肉串，发面包子，烤包子，烤全羊，面肺子，羊头肉和羊蹄子，有回族人的糕点，油香，粉汤，有哈萨克族人的马肠子和马肉。那天，和付荣副市长来的时候，我没有注意到艾山江皮货的这个抓饭王餐馆。我们来到他餐馆的时候，一个二十来岁的小伙子正在打窝窝馕。克里木走过去，问候过小师傅以后，说，你师傅在吗？小师傅说，在，你们里边请。瞬间，艾山江出现在我们面前了，他好像是在我们问小师傅的时候，在餐馆里瞧见我们了。他很友好，伸出双手，握着我的手，说，欢迎市长光临，感谢您尊贵的双脚把您带到这里来了。我笑了，我的第一感觉是，这个艾山江，是一个很会做人做事的人，眉宇间闪烁一种温暖的锐气。接着，他握住了克里木的手，说，感谢您，咱们上三楼吧。我走到馕坑前，停下了。那个小师傅，友好地向我们笑了一脸，继续打他的馕。艾山江皮货笑着向我说，一楼是馕房，也出售点心和馓子，二楼是抓饭王，三楼是我们自己的住房。我老婆塔吉泥沙管账，我们雇了十个人，两个孩子在读书，感谢市长，感谢真主。在家靠父母，出门靠市长。克里木笑了，我没有笑。

艾山江皮货把我们领到了三楼，我们坐进了他豪华的客厅里。饭桌上，已经摆满了水果和漂亮的窝窝馕，显然，克里木向他做了安排。在客厅中央，挂着他和马力克市长照的相片，艾山江皮货笑得好灿烂，马力克市长显得自由，轻松，自信，头发很短，蓝格衬衣非常合身，不像个市长，倒像一个搞体育的人。艾山江皮货说，这是我和马力克市长在这座楼建成的时候，就在这三层照的纪念相片。市长您请坐，我去备茶。

艾山江皮货出去的时候，我看着克里木，说，你说说，这个艾山江，是一个什么样的人。克里木说，有福气的人，如果不是那天他遇上我们，租我们的卡车，他现在就不会有这样一座一千多平米的楼房。我说，这是一个方面。克里木说，当然，我是说，这小子前额上有爹娘给的福气。

我们正说着，艾山江皮货领着妻子塔吉泥沙上来了，后面跟了两个女服务员和一个端肉的汉子。塔吉泥沙向我们问候的时候，艾山江皮货把汉子端来的肉，摆在了餐桌中央，塔吉泥沙微笑着给我们倒茶。大家喝茶的时候，艾山江皮货看着我说，我给克里木讲过几次，很想请市长您到家里吃一顿饭，他说您忙，没有时间，今天太高兴了，圣人来了，您请喝茶。我端起碗，又看了一眼艾山江皮货的脸，脸比一般人的脸要大，显得庄重，前额宽亮，眼神干净，脸面上洋溢着发自内心的自豪。他的妻子塔吉泥沙坐在他身边，眼睛下视，前额亮堂，贤惠的眼睫毛，深情地欣赏着男人的成功和善良。我说，艾山江老板，生意怎么样？艾山江皮货说，市长，我不是老板，我是卖饭的，抓饭做得好。从小吃苦，爷爷教会了我打馕和做抓饭，这抓饭是穷人饭，一碗吃饱了，可以干一天活儿，午饭和晚饭的钱，就留在心里了。克里木笑了，说，这几年，我看你说话也像马力克市长了。艾山江皮货说，不不，我是什么人，我能学会马力克市长的皮毛吗？不能够啊。他是光，我是地里的野草啊。我说，艾山江，你的抓饭，一天可以卖出多少袋米？艾山江皮货说，我们只做四袋子，中午一过，就没有饭了。收拾餐具搞卫生，做第二天的准备，让大家休息好，第二天的抓饭才有味道。克里木说，四袋子米，是一百公斤吧。艾山江皮货说，是的，我的想法是，必须要让一些顾客吃不上抓饭，他们第二天才会想念我们的抓饭。我们呢，也不能从早到晚都挣钱，这样，我们的脾性就乱了，都没有好处。哈密瓜再甜，但那个瓜皮是要扔掉的。我说，说得好，我要向你学习。艾山江皮货站起来了，恭敬地说，不敢当，我们是在您的阳光下过日子的人。我说，你和我们的老市长马力克是朋友了，他对你也有一些帮助，你怎么看这个人？艾山江皮货说，他是一个在关键的时候，给人盐巴的人。我的少年时代，青年时代，都是没有盐巴的，我是一个没有父爱，渴望父爱的人。当我和马力克市长相识以后，我的生活改变了，这个改变，不是我富有了，而是我从他的言语、爱心里，感受到了父爱，他好像是我父亲的灵魂派来的使者，在我的灵魂血液里，填补了我的父爱。马力克市长在精神里把我引上了有爱懂爱的光明路，我不再孤独了。说着，艾山江皮货流泪了，他的妻子塔吉泥沙也跟着丈夫流泪了，她掏出手绢，放在了男人的手里。艾山江皮货低下了头，头开始微微颤抖，而后响起了激烈的喘气声。我在心里说了一句：老市长的关照是一个方面，而艾山江皮货自己，是一个心净懂事的人，甚至他的妻子，也是他的一个福气。

周末下午，我把木沙部长请到家里，请他吃马肠子，是我在福海工作的同学送来的。和木沙部长吃饭，主要是想了解一下这个人，再请他讲一些马力克的逸事。

在家乡，只有在冬天的时候才吃马肠子，特别是下雪的时候，慢火煮在大锅里，一块马肠子一杯酒，可以说是一日等于周年，整个夜晚，可以把一生的话都讲完。三杯酒以后，木沙部长说，我们这个地方就这样怪，这是一个驿站一样的城市，冬天吃的东西夏天也有。我说，听说马力克市长喜欢你，经常和你秘密地喝酒。木沙部长说，也不是秘密，他喜欢喝酒，就是担心别人说他，就悄悄地和我碰杯。我陪他回过几次家乡，朋友们请他喝酒，他也是三五个人聚餐，吃完面，大杯酒来几杯，就走人了，不喜欢半夜半夜地糟弄时间。我说，我来到这个城市工作以后，听说了他的一些情况，我从他的身上，学到了许多东西，你认为他有缺点吗？木沙部长说，有，他不注意穿戴。我说，这是缺点吗？木沙部长说，是的，一个市长，他的形象应该是全面的，衣服是崭新的，每天刮脸，要有市长的气质，等等吧。我笑了，说，新鲜，有这样的说法吗？木沙部长说，这是我的说法，就像你，很注意自己的衣着打扮。这不是为了自己，而是为了这个城市。我说，好了，咱说说别的吧，你把话题引到我的身上，就不好往下说了。马力克市长有隐私吗？木沙部长说，有，但是他藏得很深。我说，你没有发现什么吗？木沙部长说，发现了，他想努力地做一个好人。我笑了，说，有意思，这也是隐私吗？木沙部长说，我认为是的，比如说他的那个奶茶外号，就是一个游戏。乍看起来，他好像给我们留下了一个故事，一个廉洁的形象，许多人都说这是他的一个野心，他想继续往上爬，实际上，在他退休之前，他也升了两级，非常不容易了。但是在本质上，这不是他的目的，他想留下自己的名声，让后来的人说他好。这个，比他升了两级还要重要。我研究过这个人，他有思想，有理论，热爱人民，热爱他得到的那样一个机会，他自己说过，市长这个位置，是一个机会，是留下好名声的机会。我说，木沙部长，我不同意你的说法，这好像有点神话的味道了。

木沙部长说，人人都应该有自己的想法。我给你讲一个他的故事。他来木斯市上任的第二年，主持召开了农村工作会议，主要内容是规划乡村道路和住房建设，开了两天。第二天下午结束的时候，一个乡长午饭的时候喝多了，在会场上坐不住，大吐了一场，影响很坏。会开不下去了，他站起来，抓起麦克风，说，这是哪个部门，哪个乡镇的人！坐在他身边的副市长付荣说，是八乡的乡长库德来提。他说，好，你这个乡长才是儿子娃娃，开这么重要的会，你喝酒，不尊重我们的这个会，不尊重政府，不尊重这么多领导和干部，你还有脸做这个乡长吗？我要向书记建议，撤你的职务，给你一段时间好好喝够。基层的工作做不好，乡村建设搞不上去，没钱办事，都是像你这样的醉鬼把钱喝光了！起码，你是你爸爸的儿子吗？会后，库德来提的职务没有了，他是一个能干的人，最早是一个村的村长，是农民，因为开垦荒地有功，后来就给他弄了一个指标，把他提起来了。够可怜的。对这事，许多人的意见是处理得好，把那些喝着酒来开会的人的气焰打下去了。但是我有我的想法，这样的处理方法，过了。这是一出戏，表面文章是整治不讲纪律的基层干部，桌子下面的东西，实质还是要树立自己的威信，在社会上播种他的名声。这一点，我也看得很清楚。培养一个干部容易吗？一生如果等于了一顿臭酒，这是什么样的代价？我笑了，说，你的思维方式和常人不一样，我不能接受你的这个说法。实际上，他不是在惩治那样的一种恶习吗？木沙部长说，那不是恶习，是一个偶然的事件。表彰好事好人，娃娃也能做得很好，惩治这种突然栽跟头的事情，需要智慧，一个市长，他要学会容忍，学会看不见，学会装哑巴，这些，都是智慧的朋友。

我没有说话，这个诡辩家似的木沙部长，似乎说得很聪明、深刻，但是，我不能同意他的见解。我隐隐地感到，在他那些玫瑰般鲜亮的说辞里，似乎也隐藏着阴谋家的诡辩术。我很想知道木沙部长是哪个学校毕业的，老师是谁，食堂的厨师是谁，家乡是什么地方，父亲是做什么的，过年过节，是不是孝敬父母，出生年月是某年哪月，因为有些年份里出生的人，心脏肾脏肝脏里都有丑陋的瘤子。我说，不是这么回事儿，木沙部长，一个有鼻子有眼睛的人，不可能装着看不见，他是市长，他必须睁开眼睛生活。

木沙部长的这些意思，我想可能和酒有关。在这以前，他对马力克市长的评价是很高的，一瓶烈酒，好像把他的头搞晕了。但又不像，他还是脑子很清楚，很有见地的样子。难道他是双心人吗？我沉默了，木沙部长嗅出了我的意思，笑着说了几句套话，走了。

我回了一趟家乡。妈妈病了，是眼疾，医生的意见是做手术。我找到了在医院的朋友努尔黄毛，他是心血管专家，黄毛找了几个眼科专家，让他们看了妈妈的病历。专家建议说，最好不要做手术，最好是药物治疗。如果做手术了，当年会感觉不错，但是几年后，还会犯病，还要做手术，这样，以后只能依赖手术了。我带着羊肉和一箱伊力大老窖，来到了马力克市长的家。退休后，他活得自在潇洒，很多人都羡慕他。那些不了解他的人，说，这小子当然高兴啊，当市长的时候，贪得少吗。有时候，他的朋友外力，臊他玩，说，哥们儿哎，街面上说你的人太多了，你也是，贪那么多干什么呀，少弄一点嘛。马力克市长说，习惯了，我在木斯市电影院后面的茅房墙根下，藏有一裤衩金子，有时间和我一起去挖吗？外力说，那裤衩是你自己的吗？马力克市长说，不是的，是红裤衩，是你姐姐外妹的。大家大笑一场后，都不敢说话了。因为他们知道马力克市长的习性，说话往往是不刷嘴巴，如果继续和他斗嘴，后面的话，就非常难听了。

马力克市长高兴了，说，见到你很高兴，前几次叫人送来的酒，都收到了。我打开一瓶瓶地喝了，都是真酒。说明你人缘好，没有人给你送水酒。前几天，以前从粮食局退下来的尼亚孜白面，请我们几个老贼到家里喝酒，喝到第二瓶的时候，那茅台变成了水葫芦，他们都不敢说，我当场就揭穿了。但是你好，你是好人的儿子，不会给我送假酒。怎么样，木斯市好吗？我说，好。马力克市长说，民众好吗？我说，好。马力克市长说，邻居好吗？我说，好。马力克市长说，这就好，人民好，邻居好，就是说，你好我也好。在任何时候，只要人民好了，邻居平安了，我们就平安了。我笑了，说，你过得好自在啊，听他们说，退休后组织了一个爱心爸爸活动，专门资助那些孤儿读书。马力克市长说，积德吧，当年我也是一个孤儿，人没有事儿干不行啊。在木斯市的那个艾山江皮货给我来电话了，说你去看他了，他很高兴，说我的阳光又照耀他了。那时候我帮助他，也是因为他是孤儿，没有幸福的少年时代。他父亲走得早，全靠自己蹦跶，不容易。我说，他是一个勤奋的人。马力克市长说，我看上的不是他的勤奋，勤奋的人多了，我欣赏他的脾性，这就够了。我说，哦，是这样，你说话，总是和一般的人不一样。

马力克市长说，那个木沙部长怎么样，听说他也退休了。我说，退了，有时候我们在一起吃饭，也喝二两。马力克市长说，和他要少喝酒。我说，怎讲？马力克市长说，他是属于那种能一起吃饭的人，不是能一起喝酒的朋友。我说，这个人我有点搞不明白。马力克市长说，我可以告诉你，记住，只是告诉你，不是别人。在做人的原则上，他只是一个戏子而已。我说，这是什么意思？马力克市长说，这个意思就多了。你送来的一箱酒和一只羊，怕是解释不了这么大的意思。下次来的时候，多带几箱酒，完了我再给你讲剩下的意思，我就欣赏你的这个伊力大老窖。我说，你现在讲意思，也开始收费了。马力克市长说，钱是喜欢流动的东西，像水一样亲切，在许多事情上，都是钱自己说话，我能不这样吗？

马力克市长笑了，眼神里装满了神秘。他说，你是一个干净的人，我所有的话，都在这个词儿里面，每次来看我，你的眼神是干净的，托人给我带东西，也是看在我的岁数和一些市长经验来尊敬我，不像别的领导，要我在上面领导那里帮他们说话。这些，我很清楚。我支持欣赏你的工作方法和生活态度。今天也是一个机会，我就多卖弄一些所谓的经验吧。其实活着，为了正事，也需要一种奸诈和贼心。做好一个市长的前提是，你必须是一个成熟善良成功的人，起码，你的心，要有这个愿望。但这个学费有的时候是昂贵的，有的时候金子要给垃圾让步，这里的麻烦是，中间衔接缰绳的那个人，他不知道金子的价值和那些垃圾的价值，他把那些垃圾看错了，认为那是可以炼成财宝的好东西。金子在脚下，在你的手里，在河边，在戈壁滩，在花园，在洁白的人心里，要是你不懂那是金子，这是没有用的，你的学费再昂贵，你还是打不开那扇门，看不见那个秘密，不能下载那个隐藏的真意思。那么，另一个学费是什么呢？是时间，这才是沉重的学费。时间为什么躲在背后看热闹呢？它是想让你真正地发现和感悟。有些东西，已经在你的手里了，但是你看不见它，一生颓废尴尬丑陋着寻找的那个东西，往往，已经在你身边了，你却看不见它，计谋着要把它种在自己的身边。当最智慧的时间从你的身边走过，倾听了你的苦痛欲望和干净程度以后，它就赐你启示，你会缓慢地发现那些老脸新脸，那些你曾崇拜的舌头和眼睛，是不是那么回事儿。学习人生，学习当市长，要积累经验，消化经验，把一些经验挂在墙上，在黄昏的时候欣赏它，在黎明的时候揪掉它身上的肿瘤，这个时候，你最大的骄傲是，你已经在一块块漂亮的肉堆里，能看清那些肉瘤了。你胜利了，只是时间不说话。为什么那些高贵的人不说话呢？为什么有钱的人不说话呢？他们看清了人生的底子，发现了世界美好的缰绳已经在死亡的手里了。时间为什么不善言语了，它怕把死亡的秘密泄露给我们，就把舌头锁进牙齿里了。人的好玩就在于，死亡进门了，躺在床上看热闹的时候，他却看不出来死亡的到来，当最后一刻出现在眼睫毛的时候，才缓慢地忏悔，这个时候就来不及了。死亡是吝啬的，它不给你那么多时间，你的真爱真狠，都留在舌头下面了。善良是什么？是娶女人，有后代，你死了可以延续你的味道，把你没有用完的东西用完，把你没有说清楚的人事说清楚。你安排不好自己，处理不好自己，你就不会做好大家的事情。私下里说，钻进烟囱里说话，就是要学会哄老婆，哄岳母。从厨房的角度来讲，这是大智慧。老婆和岳母是最需要尊敬的人，是在你生命中，后来掺和进来的看客，所以真事儿不能让她们知道得太多，太快。真事儿往往是丑态的，狗球辣子[①]一样残酷，所以不能麻烦老婆和岳母。世界上，最辛苦的人是老婆，做饭，洗衣服，生孩子，一生都在打扫灰尘，所以不能让她们在讨厌可恶的真事儿里被蹂躏。一个懂善的男人，都是自己消化脏事儿丑事儿，把太阳和月亮的味道，留给老婆和岳母。为什么要孝敬和巴结岳母呢？一些岳母在成熟期是非常危险的，她们给女儿传授生存之道的时候，也盲目地给她们灌输奸诈刻薄斗心斗嘴之术，把玫瑰一样的女儿，教成装破烂的麻袋，给可怜的女婿们找麻烦。她们喜欢麻烦，因为她们曾经在麻烦里胜利过。哄，是一种肮脏的成全，是雨天里的太阳，是一种没有逻辑的混乱，要看清它的嘴脸。哄是一种弯弯曲曲的和谐，你看不见老婆肚脐里藏着的小蛐蛐小贼心小世界，老婆有时候是你睡熟了的时候，用眉毛加减你的东西。这个河流里没有航标，自古以来都是看不见的时间在忽悠我们的情绪，这里没有逻辑和算盘，月光下的声音，在更多的时候是金曲和颓废的祖母。成熟是什么？就是家里有余粮，有自己的床，有胡麻油和红花油，有足够的可以用到世界末日为止的食盐，有电脑，有网卡，会说假话，这很重要。但是心里不能有假，为了保持时间的

---

① 狗球辣子，民间俗语说法，一种只有小拇指头大小的辣椒。

尊严，偶尔讲一些救命的假话，是可以原谅的。老婆面前不说假话过不去，朋友面前没有假话就闹事，死亡面前不说假话，就一堆白骨堆了。不是绝对的，有的人喜欢麻烦和吵闹，那就无所谓了，多少要点面子的人，需要弄清这个成熟是什么，它的鼻子在哪里，眼睛在哪里，耳朵和谁睡在一起，腿脚和谁睡一起。

我笑了，说，你以前没有说过这样的话，昨天没有喝多吧？我是不是酒送得多了？马力克市长说，酒没有喝多，倒是送得多了。一高兴，藏在我肠子里的贼言贼心，都出来了。我再给你讲一下成功。成功是一个人有脸，而后有很多马牛羊，喂养宠物，给天下的野鸽子扔食，有钱。但是必须有脸，没有脸，那些钱就发臭了。成功有的时候没有眼睛，它在路口等你的时候，如果你看不见它，你就跟不上它的影子，一生和它玩捉迷藏。等到你发现成功就在你的影子里，在你的心里，或是变成了你的一只手，一条腿的时候，你已经不念想成功了，你的心，理念，欲望，都疲软了。这些事情，都是隐藏的贼心。

我们谈了很长时间，我有一个很后悔的感觉，以前，我为什么没有向马力克市长请教呢？他讲的那些事情，那种独特古怪的想法，我是万万想不到的。我暗暗下定了决心，要经常和这个人交流，把藏在他心里面的东西挖出来，研究他的另一面，透视他看不见的那些方面。

回到木斯市，我给马力克市长打了一个电话，我说，这一次，在你那里，学到了很多东西。希望你能来木斯市住一段时间，好好休息一下。他说，我会去的，再有一段时间，我要去乌鲁木齐参加同学聚会，路过的时候，我去看你。但是，我讲的那些事，你不要当学问经验，都是剩饭剩菜，是流浪人的活命嚼舌，是拿不到台面上的。和你讲那些邪话，不是你的酒和羊肉送得勤快，而是你还欣赏我，愿意听我讲。我只是把一样东西，诡秘地隐藏在它正面和反面的丑陋和傀儡，讲给你了，这样你可以在吃好喝好，睡好玩好的时候，回想起没有腿的人和在孤儿院梦想母爱父爱而憔悴得面无暖光的孩子们。对于你，对于你的仕途，这是良药。慰问那些湖泊泉水盛产珍珠的海洋，是非常容易的，在这样的天堂日月里，麻烦的是，我们会忘记那些没了水的河床，它们丑陋的枯萎，蹂躏它们的下游的悲惨。因而，要做一个真男人。不怕老婆，是苍蝇一样尕尕的事情，醉后半夜踹门进家，顶多也是野鸭子一样尕尕的事情，是鸭子一样嘎嘎叫一会儿的胆量，要想有作为，必须培养你眼睛里面人家看不见的眼睛，让它悄悄地窥视那些脏里的净和净里的脏，没有嘴巴人的呐喊，有杯没有酒的流浪汉，看清那些垃圾的成分。其实，这很重要，你就成长成熟了，你就会懂在什么样的时候让牙齿沉默，什么样的时候让舌头殷勤，这都是经验。但是，这样的话，不是可以给任何人讲的。我希望我们能保持联系，我特别喜欢你送我的那些纯正的伊力大老窖。我笑了，说，一定，人家送我的酒，以后就是我们俩的了。马力克市长说，对了，酒这个东西，是送的香，自己花钱买的，一点味道没有。有的时候，喝到重要时间的时候，那种酒会突然变成水，不是打脸，而是抽你的筋了。我笑了，我觉得认识马力克市长，的确是一种开脑开胃的事情。

秋天的时候，马力克市长来了。他说，不要声张，我这个年龄，经不起别人围绕了，就咱俩吃饭说话，最舒服。餐厅也不去，就在房间。没有办法，我让服务员把酒菜送到房间来了。马力克市长说，我这个年龄，应该是不沾酒的了，可是扔不掉，决心还是不够，嘴脸越老越不要脸，先喝着吧，哪一天咽不下去了，自然就停下来了。我说，少喝，心热，高兴就行了。马力克市长说，全世界的话都好说，事儿不好做呀，这么美妙的味道，在你不要脸的鼻子下面飘游着，你能控制贪嘴吗？不可能的，只有张不开嘴的时候，酒杯就自己休息了。时候不到呀。酒菜上来了，漂亮的羊羔肉，像油画里的春女，看着让人动心。第三杯酒以后，马力克市长看着窗外的橡树，说，你喜欢什么品种的树？我说，白杨树。马力克市长说，讲讲。我说，大地上，有许多种树，我就喜欢白杨树，主要在青春期的时候，和姑娘谈恋爱，都在家乡路边，河边，公园里白杨树后面遮羞，怕人家瞧见，那时候，直径都是一米多的白杨树，一棵挨着一棵，都成了树墙了。躲在后面，可以放心地和姑娘交心。可是那个时代，东西便宜，人心贵。瞄准一姑娘，买好电影票，一年里请几十场电影，晚上送姑娘回家，那白杨树下，也讨不到个亲嘴的便宜，不像现在。想到这些，我就喜欢那些白杨树，主要是在那些树的年轮里，有我的记忆，那些油画一样醉人的年代，已经存留在我的心里了。马力克市长说，哦，是这样，你现在的老婆，是那个年代你挚爱的姑娘吗？我说，是的。马力克市长说，多好，这叫全善，不容易，就像在最好的一个黎明，大地的一切好鸟，都飞过来，落在你头上了。像一条渠水，一直流着，没有停下。现在你又当市长了，你是一直有水喝的人，多好。你的福气，是从恋爱时代开始的，要珍惜，要拴牢。请一个上了年纪的、德高望重的前辈，给你念一个护身符，带在身上，防恶人、小人咒你。你们青年人，不信这个，我也不信，那我为什么还给你这个建议呢？防咒，其实，这是给你自己信心，你坚定了，任何诅咒都不存在。我笑了，说，你给我念一个吧。马力克市长说，不行，我的意念是紊乱的，沾酒的人，不好弄这事。你找个白胡子的干净人吧。我说，后来喜欢白杨树，是因为长得挺拔，像听话的孩子，长得漂亮，秀丽，有脊梁，让人看着舒心。马力克市长说，我喜欢橡树，但是我不喜欢秋天。

这个话，我只给我的妻子讲过，她理解我为什么这样讲。喜欢橡树，是因为爷爷在乡下的果园里，有二十多棵橡树，爷爷说，是他的爷爷当年种下的，高大，那些漂亮的枝叶，伸展开来，非常好看。这种树很贵，好几次，有人出高价买，爷爷都不卖，说，留给孙子了，是我给他的遗产。我四岁的时候，爸爸去世了，后来，爷爷就把我带到了乡下，供我继续读书。我十八岁的时候，考上了大学。我在爷爷身边生活了八年，我的少年记忆，是和我爷爷的影子在一起的。那么我为什么不喜欢秋天呢？每当秋天到来，树叶凄凉地飘落，我就很伤痛，就会怀念我的爸爸。我觉得自己很不幸，小小年纪，就没有父爱了。我渴望父爱的神志，总是处在一种饥饿的状态。有一些事儿，我以后会告诉你的，少年时代，青年时代没有父亲的人，像在古老的村尾被丢弃的旧屋，非常可怜。常常是，那些恶狗贼猫，都躲在这个旧屋里，吞噬你的颓废和可怜。我的想法就是这样，秋风，是大地对恶的报复，混乱中，树叶吃亏了，它们成熟后，刚刚开始欣赏蓝天的奥秘的时候，开始和那些神仙眼睛一样可爱的星星说悄悄话的时候，秋风把它们从树枝上吹下来了，它们在我的旧屋里发霉腐烂，回忆曾经的灿烂。没有父爱的汉子，就像这些被抛弃的秋叶，非常可怜。在文化的彩虹里，孤儿是非常软弱的。当然，没有父爱我也长大了，有了妻儿，真主没有抛弃我，我没有赶上飞毯，但是我也没有失去光明和温暖。但是我还唠叨什么呢？兄弟呀听好，一个孤儿，即使他将来吃草排金子，他的精神和神志也是不健全的。没有孤儿承认这一点，当走出低谷雾霾瘴气的时候，都会炫耀自己的坚强。哼，坚强，没有人能说清楚这种坚强的代价，没有。当你的朋友、同学，笑闹着跟在他们爸爸的后面，逛街吃烤羊肉，整夜整夜在西域河边钓鱼野餐，瞌睡的时候躺在爸爸温暖的怀里做梦，醒来的时候早餐已经备好，那是什么感觉？你就是最后和月亮是哥们儿了，你眼睛里面的光，还是不那么亮，该昂起头来对视那双眼睛的时候，你还是有点蔫，像午后的茄子，硬不起来。

马力克市长停下了，我端起酒杯，把杯子送到他的酒杯那里，碰了一下。酒杯清脆地响了一声，像脾性率直的城市姑娘的吻声一样。我想好了，一定要抽时间，回家乡，把马力克市长的经历，也就是他的成长史，搞清楚。我说，老市长，敬你一杯，你慢慢喝，我干了。马力克市长说，你敬了，我就要喝掉。老人们不是常说，客人比绵羊还要老实吗？我笑了，放下酒杯，说，老市长，很喜欢和你喝酒说话。我总想问你一些事情，今天没有旁人，你赐我一些经验吧，学费我要按时交，给你送和田的羊脂玉，伊犁的好酒，你这个年龄了，姑娘不要了吧。马力克市长笑了，说，我现在是见了姑娘就打瞌睡，如果你坚持要出我的丑，找个相片让我欣赏欣赏也可以。我笑了，说，那就算了，你还是清醒着吧。老市长，我想问几件事情，现在人人脑子里都是钱，钱到底是个什么东西呢？马力克市长说，人脑子里不都是糨糊酸奶奶酪之类的东西吗？怎么是钱了？我笑了，说，我说想的是钱。马力克市长说，哦，你应该这样说。钱这个东西，最早叫坦格尔，就是片片儿的意思，金属制作的，后来可以用纸做的时候，叫替子了。现在叫人民币，钱自己本身没有什么，主要是印得好，漂亮。那么钱是什么呢？民间说，有钱的人，鬼话是正话，没钱的人，不会说话。还说，再丑陋，还是要让有钱人的小子说话。还有，钱是男人的翅膀。说法不少，钱就是命。老百姓说，钱的另一角是拴在心脏里的。这就够了。我知道你问我的意思，钱这个东西，没有眼睛，有耳朵。它喜欢人的时候，找不到人，风糟践它们，它们在树上，葡萄架上，馕坑边，在巫师的烟囱里，在说书人的眉毛里，在诗人的气场里，在渔夫的鱼钩里，在厨师的炉灶里，在马车夫的鞭子里，在民歌的旋律里流浪。它们哭的时候，我们看不见它们的眼泪，它们的眼泪是雨的朋友，那些善良的鸽子，用舌头接住它们的眼泪，送到上天的雨奶奶那里，不让它们出丑。

我说，多好，老市长啊，你和鸽子说过话吗？马力克市长说，平常的事情，我养的鸽子，野鸽子，流浪的鸽子，我都和它们悄悄说过，鸽子的心太好了，杏仁那么大的心，可以遨游天下啊。不管是大钱小钱哭了，它们都接上飞到上天的雨奶奶那里，要它们安慰那些钱的灵魂。我说，老市长，是钱看不见我们呢还是我们看不见钱？是人需要钱呀。马力克市长说，人，自从这个人会说话，有了能记事的歪智慧，后来发明了要命的文字，从前的卑鄙和美好，都潜藏在人的肠子里以后，人的麻烦就一生二二生三三生万物了。所以，在关键的时候，钱是和人对着干的，我们需要它们的时候，我们看不见它们，实际上是它们看不见我们；当我们不需要它们的时候，它们来了，在我们的耳边轻轻地歌唱，这时候我们已经没有欲望了，看不见它们了，只崇拜相片了。从人类学会了玩钱的那一天起，钱始终是一种象征，因为它没头没尾，像西域河的水，永远也流不完。象征是一种宽慰，在宽慰中，流淌着的金水也是看不见的，那么能激动我们心灵的东西是什么呢？是煤油灯和那口忠诚的黑锅。古老的村庄，播种旋律的候鸟，吟唱金曲的暖风，散发神话的黑夜，召唤月亮的篝火，传承民歌的金嘴，人心和人心的交媾，眉毛下面的眼睛，才是世代的真金。而那些在亿万人手里乐着哭着耷拉着脑袋，玩过手过户的钱们，其实是一个个变相的，看不见的，瘫痪了的可怜朋友。

我说，为什么人人都喜欢钱呢？马力克市长说，因为钱是热性的东西。我说，那么，凉性的东西是什么呢？马力克市长说，是低头吃闷饭的脾性，嘴巴和眼睛，与谁都不交流。没有朋友，自己的东西自己吃。我说，老市长，说得好，那么朋友是什么？马力克市长说，你丢了眼睛的时候，朋友是心脏的探照灯，当你狂妄地笑的时候，朋友是拉你一把的人。一起折腾，狗肉穿肠过，蹂躏弱女肾脏的人，为了彼此的利益，为了掩盖彼此的卑鄙，欺骗给了粮食的手，欺骗给了温暖的心，那不是朋友。朋友不是最后一只苹果，朋友是心的呼应，是遮丑的遮羞布，是近处的精神。有些事情，给爸爸不能讲，妈妈也不能讲，姨妈奶妈，哥哥姐姐，妹妹小姨子，爷爷奶奶，都不能讲，你会觉得你的秘密和丑陋，只能给一个人讲，这个人就是你的肝脏朋友，生命朋友，他们不告密，没有野心脏心，就是你死了，他们也不贩卖你的丑陋，也不贪污你的荣誉。当你把一把救命的钥匙交给他代为保存，这个朋友不会踩在你的死亡簿上，贪污这把钥匙，他们比一般的君子要高一等。我说，老市长，你有这样的朋友吗？马力克市长说，没有，我有一个君子等级的朋友，还靠得住，嘴紧，脖子硬，吃饭不让人，也行。简单地说，朋友是你的另一个灵魂。我说，那我就问了，老婆是什么？马力克市长说，老婆就是一个苦命的人和你在一起，给你做饭，洗衣服，生孩子，让你折腾了。老婆有两种，一种是你老子给你娶的，另一种是你自己挣钱娶的。我说，老市长，怎么讲？马力克市长说，你的老婆是爸爸给娶的还是自己挣钱去娶的？我说，自己娶的。马力克市长说，那就是说，你老婆是鸽子性的女人，好动，话多，喜欢热闹，喜欢调侃研究他人的言辞遭遇和颓废。这是自由的代价。我们在娶女人的青年时代，认为女人要像花园里的玫瑰一样，天天盛开，天天有笑脸，而到了中年、晚年的时候，才发现，当年的那个玫瑰，是因为有了水的滋养，有了绿叶的看护，有了阳光的照耀，她才是灿烂无比。但是我们在那个时候不知道这个秘密，也看不见那些甜水是在什么样的时辰里灌溉了那些玫瑰。原来学问不仅仅在克塔普[①]里，也在时间的铃铛里。当光阴一丝丝地抽走我们的青春和热情、欲望的时候，我们才会发现老婆是什么。老婆应该是顺手的和谐。男人玩的是意思，女人的眼睛自己说话，都是一样的经验。

最后一杯酒喝完，我沉默了。我有了一个想法，通过老市长的朋友，也通过与他合不来，对他有意见的人，反对他的人，私密地了解一下马力克市长的身世，我很想知道他那种孤独的少年时代和他的成长。马力克市长说，当一个市长不容易，你要自己找事干，要让人们富起来，满足他们的需要，各方面的需要，光吃饱肚子不是最终目

---

① 克塔普，维吾尔语，意思是书。

的，最终目的是人们要有善心，要想好事，懂帮助邻居，要爱护泉水，能找到自己的期盼。青年人的期盼是什么？中年人的又怎么样？老年人的呢？都是问题。要把他们的心，拴在一种温暖的境界上。要想一个城市五年以后、十年以后的事业，这才是真智慧。要有一个目标，不能跟着时间上山下山，没有自己的主见。不能在享乐的温床上放弃自己的智慧。引导民众，要办成一件好事，要宣扬一种精神，让民众谋划自己的生活，要做出一种榜样，让民众认可。这不容易。石榴熟了，嬉笑着进果园，摘它几个，很容易，但是这个石榴成熟的过程，是非常艰难的，不是所有的进程，都像成熟的石榴那样亮丽。我在这个城市做过市长，知道民众怎样评价我，我也得罪了一些人，有些是我的朋友，有的是我老领导的亲戚，有的是我好朋友的朋友，就像那个著名的阿凡提所说的那样，是朋友的朋友的朋友，汤水的汤水的汤水。也有我的孩子，他们对我最有意见，但是我都没有给他们办事。我不忍心这样做，我要脸。自古，谁人不追求财富呢？老辈人说，好事来得要有路子，来得有道道。我儿子对我意见最大，说，人家当上市长，家里的鸽子老鼠蚊子虱子都上天了，下来的时候不是老虎就是豹子了。你不关心我们，你的朋友对你也有意见，谁像你，没有意思？你这么清高，这么红艳艳，将来退休了，剩饭人家也不请你。我说，是的，你说的是你的心里话，如果有一天，你当上市长了，你可以按照你的心计去做，我不行。你是在肉缸里长大的，我是在孤儿的蜘蛛网里长大的，不一样。这个道理，你现在不懂，如果你真的当上市长了，为你的贪欲和朋友的利益做事了，最后你成了监狱的朋友的时候，会想起我的这些话的。你以为，市长这个位置，是给你们贪利益的位置吗？不是。别人那样做了，就辉煌了吗？也可能他们一辈子没事，捞了，风光了，但是他们的良心知道，他们是卑劣的，民众看得清楚，民众看不起他们。那些依附那种市长的人，突然富裕了，开始狂妄了，开始百年前的劣绅一样欺人，把人当牲口了，这些人的嘴脸，老百姓不知道吗？老百姓知道了，他们就跑不了。你会说，都捞成金山了，还跑什么？不是的，老百姓的诅咒，是会一代代留下来的，他们的子嗣在精神上跑不了辱骂，这才是真刀子。众人的诅咒，才是他们脚下的火焰山。儿子说，你说得再好，但你养的猫，都没有老鼠吃。我说，都是有良心的猫。

我笑了，说，老市长，你说得好。马力克市长说，生活是很简单的事情，三顿饭，几件衣服，可是很多人把这个搞乱了。你在这个位子上，要特别注意，脏的金子银子，是看不见的病毒，风光了以后，是牢房的朋友。

送走马力克市长，利用这个机会，我跑了一趟家乡。我用请老人们吃饭的形式，请来了马力克市长的朋友，也有反对他的那些老朋友，了解了许多情况。我在木斯市工作了八年以后，工作调地委了，也经常能和马力克市长在一起喝酒闲聊了。二〇一〇年的时候，马力克市长大病了一场，是心脏病。他的朋友们说，现在的时代，七十岁，不老啊，活到八九十的人，麦草一样多着呢。那天，我到医院看他，他精神不像从前了，从眼睛里，已经看不出任何事情了，那种自信、朝气、可爱的神态，已经看不见了，整个面容，像燃尽了的篝火炭灰，看着让人可怜。有人说，酒把他搞成这样了，喝了一辈子，一碗面，一把花生米，也能喝几天。但是他的朋友却不这样说，喝不喝，是他自己的私事，病是真主给的，不能胡说，人人都是要死的。

那天，他的老大马赫穆提给我打电话，说他老子要我去一趟。这时候，老市长已经出院了。友谊医院的阿里木医生，在马赫穆提请他吃饭的河边农家乐上，说，已经没治了，继续住院，一是花冤枉钱，二是你们也麻烦，天天去医院，什么事也干不成。最好的办法是，出院，回家，想吃什么，想见什么人，就放开玩好闹好，死亡已经爬到他眼睫毛上了，他过不了这个秋天。但是这个话，还是要你自己说，医院不希望能花钱的病人随便离开医院。最终，马赫穆提说服医院，把老市长接回家了。

老市长的宅院，是他爷爷当年给他置办的，在活畜市场以西的磨坊巷路口。百年前，这里只有一个磨坊，后来各地的移民到这个城市落脚谋生，都离不开磨坊，这里就形成了一条长长的磨坊街。而老市长的爷爷，在村里是一个著名的绅士，是有钱人，主要是田多牛羊多。

老市长坐在轮椅上，在葡萄架下等我。和他握手的时候，我感觉到生命里最后的那么一些意思，已经在他的唇边等他交代了。脸上从前的灿烂，变成了一潭死水，眼神里的理想和骄傲，也看不见了，整个形象，可怜的胡须，像一个欠账的落魄人，丝毫也看不见从前的自信和光芒。

马赫穆提给我们送来茶水和水果，回屋子里去了。老市长看着我说，要麻烦你了，兄弟，我今年七十岁了，也可以了，我爸爸三十岁的时候就走了，生活不欠我什么东西，我可以了。我知道，死亡的味道已经钻到我牙齿里了，我对自己的一生是满意的，但是我也有自己的一些秘密，一个男人，从迷茫幸福伟大颓废的少年时代、青年时代走过来，再到不断交学费的中年时代，到狐狸一样的晚年，会盲目和本能地隐藏一些秘密和培养一些贼心。但是这个事情，在最后要交代的时候，麻烦就来了。开始的时候，我想通过几个肝脏朋友去办，他们是忠诚的，就是嘴上没有笼头，上床哄骗老婆的时候，会用朋友的一些秘密贿赂老婆。男人上了年纪以后，舌头就不硬了。最后我想到了你，我了解你，为什么信任你呢？你是一个罕见的汉子，懂生活，懂为朋友保守秘密。当年你在木斯市处理的那件事，我是真佩服，我没有给你讲过这件事，但是我心里清楚。是这样，我有一件重要的事情，请求你帮我办好。我说，请放心，老市长，我会办好的。

老市长喝了一口茶水，开始给我交代他的那个秘密了。我听着，心里一亮一暗，在想他讲的那些事情。有些事情，他没有讲清楚，我也没有探问，他不想说的事情，我问了，人家心里就垃圾一样难受了。我感到高兴的是，老市长信任我。从认识他，和他交往，到家里来来往往，到后来从几个方面窥视挖掘他的历史和隐私，我觉得这是一个阅历丰富、懂生活、懂人间、懂苦难、懂人性的人，但是我没有想到他还有这样的一些秘密。老市长说，你把我儿子叫来。我站起来，来到院子中央高大的廊檐屋前，把马赫穆提叫出来了。他来到老市长跟前的时候，老市长说，孩子，打开我的保险柜，里面有一个黑色的密码箱，拿来。马赫穆提应了一声，去了。一会儿后，马赫穆提提着黑色密码箱走过来了，停了一会儿后，自觉地走开了。老市长把密码箱交给我，说，麻烦你了，兄弟，帮我把这事儿办一下。我说，你放心，你能信任我，就是我的骄傲。

我找到了巴努姆女士，她刚刚才从市图书馆退休。看那打扮和气势，五十多岁的样子，长得极美，年轻的时候，一定是许多热血小伙子的麻烦了。我在图书馆等她，找了一本书看着，是著名的宝典《福乐智慧》。看了几页，就看进去了，感到那些伟人，几乎也把今天需要我们遵守践行的东西，都说完了，的确是很伟大。作者优素甫·哈斯·哈吉甫写道：语言能使人获得尊严，赢得幸福，能让男人变得卑贱，失去生命。

一股香气飘过来了，我站起来，和巴努姆打招呼的时候，她的眼睛，显得那样平静和纯粹，我好奇，这是一个极其自信的女人，是一个深藏了故事的女人。顿时我有了一个想法，通过她的社会关系，深刻地了解她和老市长的关系，了解那些内容和细节，从而更加全面地认识老市长。巴努姆把我请到二楼，带我进了一个阅览室。我们坐好后，我把密码箱交给了她，并把六位数的密码，也告诉了她。我说，巴努姆女士，您知道，马力克先生的病，看来是治不好了。他要我把这个密码箱交给您，您以后有什么事情，可以给我打电话。说完，我把手机号码留给了她。巴努姆女士说，这密码箱里的东西是什么？我说，我不知道，马力克先生委托我，要把密码箱亲自交给您。巴努姆女士说，会是什么呢？我打开，咱们一起看一下吧。我说，不能这样，我是不能在场的，要不，马力克先生会把里面的东西交给我的。我站起来，友好地和巴努姆女士道别了。

在后来一个多月的时间里，我开始隐秘地调查这个女人的历史和她的社会关系。巴努姆曾经是北京大学的高才生，在一家报社当过记者和翻译，后来在图书馆当馆长，人缘好，终身未嫁，生活秘密，没有人知道她和马力克老市长有什么非要装进密码箱的秘密。但是我的疑点没有结束，从老市长那种神秘的口气看，在月光下的朦胧田地里，他们一定会有许多故事。我的好奇心不是拿他们的秘密开心，或是拿去在哥们儿贼们儿贱们儿艳们儿那里贩卖的，而是想全面地闹透马力克市长的内心世界。在他善良高尚的旗帜下，怎么会有这些旋风一样没有方向的东西呢？

终于打听到了巴努姆的一个密友，是她的中学同学，叫米娜娃儿，我至今没有见过这么丑态的女人，高个儿，像个在煤矿打工的粗汉，手大脚大，前胸像两个小孩子的头耷拉着，长脸，脸蛋垂着，深深的眼睛，像监狱长的鼻孔一样丑陋，卷曲的眉毛，给人那种不会生育的女人固有的冰凉和无情的感觉。

得知她的情况后，多方打听，找到了一个我认识的她的同学，叫卡马力硬汉。他说，米娜娃儿不好说话，你非要见吗？我说，你把她约出来，咱们在醉蝴蝶餐饮吃一顿饭，由头你编一个，我不要说话，我给你们笑。卡马力硬汉同意了。我们来到了醉蝴蝶餐饮，在靠窗户的那张厚实的方桌上坐下了，等了一会儿，米娜娃儿来了，我们站起来，把她请到了上座。她皮肤极其粗糙，像个劳累了一生没有工钱的女佣，只有慷慨地隆着的前胸，是她唯一能让人感到像样的地方。她和卡马力硬汉说话的时候，我笑着坐在那里，极力地装出很欣赏她的表情，讨好她，实际上是给卡马力硬汉创造条件，从她嘴里勾点秘密出来。卡马力硬汉说，老同学，气色好啊，打扮得五十来岁的美女一样好看了，看着让人高兴。米娜娃儿说，哦，新鲜，你从来没有这样说过我，今天是怎么了？需要我给你找几个小麻雀吗？卡马力硬汉说，我说的是心里话，你看，你这身艾德莱斯裙子，不也是小姑娘们穿的吗？米娜娃儿说，这个话，你说对了，我老了，知道自己的情况，就穿姑娘衣服，让自己高兴。你请我吃饭，说有要事，讲讲，不会是给我找男人的事情吧。卡马力硬汉笑了，顺着这个话题，说，你太聪明了，有一个官人，死了女人了，有家产，院子房子汽车什么都有。你也守寡十多年了，该有个做伴儿的人了。

米娜娃儿看了我一眼，说，不会是要我嫁给你这位朋友吧。卡马力硬汉笑了，说，我的朋友比你小多了，不麻烦你。米娜娃儿说，你不要臊我，真要是有那一天，还不知道谁小谁大呢。说话，老色鬼，找我什么事情？卡马力硬汉说，是私事儿，就我自己了解一下就行了。你的那个同学巴努姆，听说是那个叫马力克奶茶的人的秘密情妇，能讲讲他们的事情吗？米娜娃儿笑了，说，你这个事情，比让我脱裤子还难啊，什么意思？你这位朋友要娶巴努姆吗？我笑了一下，没有说话。卡马力硬汉说，巴努姆不是不嫁人嘛。米娜娃儿说，你这个硬汉呀，也糊涂了，你偷人糟践人家女人的时候，给人家说过你的秘密吗？卡马力硬汉说，不要这样说，这是侮辱，我这一生，比和田的羊脂玉还要干净。米娜娃儿笑了，说，乌鸦也曾经说过他的孩子是天下最洁白的天鹅，实际上，乌鸦的儿子就是乌鸦，你卡马力硬汉，也是那些乌鸦的朋友。不要问这件事情了，没有意思。当一只手喜欢另一只手的时候，第三只手的窥视，是脏贱的，是自己侮辱自己。我给你的朋友找个美女，咱们到西域河边的农家乐吃风干羊肉怎么样？你不是常常在同学聚会的时候吹嘘，说风干羊肉就是美国人的伟哥吗？卡马力硬汉说，那是我醉酒后的事儿吧？米娜娃儿说，怎么样，开始玩舌头了吧？不要看你的外号叫硬汉，关键的时候，你硬不起来。卡马力硬汉说，不好意思，我的外号这几天一直在打盹，恢复了，我就去找你。米娜娃儿说，可能恢复不了了吧。卡马力硬汉说，只要有一口气，我就不能让我的外号丢脸。米娜娃儿说，那我就等你的电话。

折腾了一圈，什么秘密都没有探听到。我到金店买了一对戒指，是民族式的，类似向日葵式样的，是百年来女人们喜欢的款式。我把戒指交给了卡马力硬汉，说，女人，自古是喜欢礼物的情种，空话要秘密，人鬼都不喜欢，你把这对戒指送给那个米娜娃儿，再哄哄，你会找到一些秘密的。人嘛，都会有一点瞌睡的时候。卡马力硬汉说，我这个同学，心软，嘴臭。我说，那你先玩玩她的心嘛。

卡马力硬汉拿着一对戒指，找到了米娜娃儿。回来后他和我说，我们去了一个西域河边吃风干羊肉的地方，极美，巴努姆和马力克奶茶的隐私，都挖出来了。我听着卡马力硬汉的转述，沉默了。我看到了马力克奶茶的另一面，他坐在理智的金盘上，我们不敢想象那是他，坐在逆风顺风的小舟里，我们看不到他的方向，但是在星星下，他如此天真神秘，在神秘的大地，编织自己的哲学。我想起了他在木斯市做的一些事情，想起了他退休后的一些生活和巴努姆的秘密，想起了他对生活的态度，想起了他所说的：人的欲望是自己的坟墓。原来，在每个人的盲肠里，都有一本打不开的盲书。

每当周五的时候，我就带上马力克老市长喜欢的水果去看他。八月底，塔格勒苹果熟了的时候，我就给他送这个品种的苹果，样子好看，照上阳光的部分，紫红色，叶子挡住了的地方，青绿色，两种颜色交错在一起，非常漂亮，一口咬下去，肉味甘甜，白里透红，看着更有食欲。在他能喝酒的年代，我们喝着长聊的时候，他给我讲过他喜欢塔格勒苹果，原因是当年在爷爷那里生活的时候，爷爷的果园里，几乎都是这种秋果，那种甘甜的味道，留在了他心里。

十一月的西风吹过来的时候，马力克奶茶的病恶化了，他不同意上医院。长子马赫穆提，几次叫来漂亮的救护车，准备强行送爸爸上医院的时候，马力克奶茶都不同意，有几次，马赫穆提的朋友们强行抬着他出门的时候，马力克奶茶抓着儿子的手，缓慢地说，你要是我儿子，就把我送到屋子里去，我要死在自己的屋子里，我要把灵魂留在爷爷给我置办的这个宅院里，我自己知道，我活完了。马赫穆提没词儿了，把马力克老市长送回去了。他含着泪说，真主啊，请宽恕我的不孝吧。我听到老市长病危的消息，跑去看他的时候，他睡着了。他的妻子茹贤古丽女士，坐在床头上，抓着他的手，默默地流泪，眼睛模糊了。她比老市长小五岁，退休前是食品公司的职员，是一个老实本分的女人。马赫穆提把他妈妈扶起来，领到对面的沙发上，说，妈妈，不要哭，爸爸会好起来的。我坐在老市长跟前，抓住了他的手。是一只凉手，死亡已经给他的手也打过招呼了。马赫穆提说，已经睡了三个小时了。我点了点头，没有说话。此刻，我已经看到了死亡放出的恶光，在老市长曾经风光过的脸庞，吞吃他的善良和爱。

半个小时以后，马力克市长睁开了眼睛，看到我，抓住我的手，看了我一眼，闭上了眼睛。过了几分钟，他睁开眼睛，说，死亡已经爬进我的耳眼里了，给我说几次了，说，你是个好人，所以我们没有强迫你，你准备好了吗？我们也不能等太长的时间，我们也要交差，准备好了就咳一声，我们也忙。我说，谢谢，我在等一个人，今天不来明天就来，再给我一点时间吧。死亡说，好吧，准备好了，就咳一声。我说，老市长，你会好起来的。马力克市长说，我在人间的份子，已经享用完了，该到另一个世界交差了。生命，玩的就是时间，你是我最后的时间。你比我小，但是心智比我大，因为你有一个完整的、健全的、有笑容的、有欲望梦想的童年少年和青年时代，所以你比我智慧。我们谈过这些。我的一生，是两个方面，一个是在精神上寻找我的父亲、父爱，骨子里，我是孤独的，这种悲惨，你是感觉不到的。另一个是，寻找真正的男子汉气概。这两件东西，对我，很重要。第一个，我没有找到，所以我是一个情绪化的人。我没有链条，我是自己的螺丝钉。生活中，这是一个很麻烦的事情。第二个，我找到了。这是我的幸运，是生活恩赐我的美好。在死亡飞过来要收走我灵魂的时候，我已经有了我终生信任的男子汉。你是一个，还有我的几个朋友。这应该是我们两人的幸福。有的时候，你是锅，我是勺子，有的时候我是锅了，我放心你分配给我的肉，很美。我谢谢你，因为你懂那些玫瑰，是用腐臭的流浪水浇育出来的。我说，谢谢老哥，你是我的榜样。马力克老市长说，不，我不是，我是那个时代的孤儿，你是这个时代的宠儿，我们不一样，但是我喜欢你的智慧，懂理解和宽容的智慧。说完，老市长静下来了，看着窗外葡萄架上的鸽子，嘴唇动了一下，但是我们没有听到他说的话。少时，老市长慢慢地说，人和候鸟是一样的，鸟在天上飞，心在大地，人在大地行走，心在上天。我留下了我的脾性和时间，男人不能说遗憾，我留下的那口黑锅，不是空的，虽是黑的，但是是甜黑的。老市长说完，喘了口气，停下了。我把手指，滑向了他的脉搏。他耳眼里的那个死亡，在静静地倾听他最后生命的心动。

我们一夜没睡。马赫穆提从清真寺请来了念经的吾麦尔阿訇和他的弟子们。他们看过病人后，回坐在客厅里，开始诵经，期盼马力克市长的灵魂能升入光明的天庭。

黎明从白杨树后面的空隙里飘过来，开始照耀窗外的葡萄架。茹贤古丽大妈从沙发上爬起来，来到窗前，打开了窗口。干净的风吹进来了，带来了辽阔东方滋润心肺的味道。黎明的彩光，通过葡萄架上面碧绿的藤条照射过来，照亮了躺在床上与死亡争夺生命的老市长沧桑灰暗无望的脸庞。刹那间，我感觉到老市长的脉搏停下来了，我看了一眼马赫穆提，他把父亲的右手放下了，眼泪从他疲惫的眼睛里淌出来了，他走过去，抱住了妈妈。茹贤古丽大妈说，你爸爸走了吗？马赫穆提点了点头，说，妈妈，咱们报丧吧。茹贤古丽说，真主啊，愿他在天之灵安息。

亲戚朋友们都来了，马赫穆提请来清真寺从事丧葬事宜的人员，安排了有关爸爸净身洗浴的事项。下葬的时间定在了下午。马赫穆提说，墓地在一个月前就准备好了。院子里，响起了凄凉的哭声，响起了伴有悼词的哀哭声。院子和巷子里，都站满了人，三五人，七八人，簇拥在一起，悼念老市长。

卡马力硬汉走过来，见过马赫穆提以后，抓住了我的手。他说，听说，老人家是在黎明的时候走的？我说，是的，我一直在他的身边。没有什么痛苦，还给我说了许多话。卡马力硬汉说，都这样，死亡是我们大家的朋友，我们都会去找它，只是有个早晚的问题。一个人死了，所有的一切都完了。亲友们关心的是，他是一个怎样的人，对人有过帮助没有，有过善心没有，剩下的事情，会和尸体一起进入墓穴，陪伴他的精神。卡马力硬汉说话的时候，我看见米娜娃儿和巴努姆从外面进来了，我给卡马力硬汉使了个眼色，说，咱们过去见一下，让她们到女眷们的屋里去吧。她们二位穿着洁白的葬服，走过来了。我们走过去，问候了她们几句，我简单地讲了几句老市长无常的时间。卡马力硬汉说，是个好人啊。巴努姆说，是条汉子，这个城市，少了一条汉子。好人遍地都是，笑笑闹闹的，鸭子过去鹅过去，都是好人。汉子不是那样的，他可以在没有鸭子和鹅的地方，创造这些生灵。马匹也有千千万，烈马很少很少。马力克先生就是那种跑在前面的烈马。我没有说话，我在回味巴努姆的这个说法。这个秘密女人，骨子里，有点马力克老市长的味道。这时，邻居家的沙热姆女士走过来，把她们带到女客们那边去了。

下午，送葬的卡车早早就准备好了。时间到了，灵柩被硬壮的小伙子们抬上了卡车。我和卡马力硬汉上了一辆面包车。灵车缓慢地启动了，传来了留在宅院里的女人们的哭泣声。左右临巷的汉子们，都上车了，他们悄声说话，颂扬马力克老市长的好名声。一位大胡子长老说，要记住这个汉子，我们现在走的这条路，以前是土路，是这个汉子给我们铺上了柏油路，这样的事情，他做得多了。买买提兄弟俩，那年考上大学的时候，学费和生活费，都是他出的，毕业后，工作也是他安排的。买买提兄弟俩从小就是孤儿，他们遇上好人了。主要是，我们的马力克汉子也是孤儿，常言说，孤儿是孤儿的救星，不容易。愿他的灵魂在天国安息。

我看了一眼身后的车辆，好几辆客车后面，跟了各种小车，很壮观，基本上都是老市长的朋友和从木斯市赶来的朋友们。路两旁的行人，看到灵车，虔诚地停下来，双手并在一起，为亡灵祈祷。不能出面的女人们，看到灵车，躲在自家院门背后，或是在屋子里，为亡灵祈祷。路右边渠沟里的秋水，忽然涨了，从近处的巷子和远处的田野里，带来了许多精美的金叶，在肥美的水面舞蹈，在风的助力下，竖起叶尖，忧伤地旋转，护送老市长的灵魂，在那片古老的坟地，找到自己的归宿。渠边的白杨树，也看到了老市长的灵魂。那些痛苦的树叶，开始飘落在巷路和渠水里，和水一起，和那些从各方飘来的树叶一起，护送老市长欣慰的灵魂。从巷子尽头飘来的各种树叶，宅院里的苹果树叶，梨树叶，那些玫瑰花瓣，飘在送葬队伍的上空，像古老的诗篇，深沉地哀唱老市长一生没有唱完的心曲。灵车来到丁字路口的时候，缓慢地右拐，向着日出方向古老的坟地前行。

老市长的灵魂开始回忆主人的从前和悲欢。老市长四岁的时候，父亲死了。关于死因，说法很多，有的说是得了一场怪病，不停地打嗝，送到上海治疗，也没有治好，一年后，就死了。有的说，在生病以前，发生了一场车祸，真正的死因，是车祸中心脏受了重伤。有的说，是酒精中毒，常年大杯喝酒，把胃和肾脏脾脏心脏都喝伤了，最后一口气没有接上来，就走了。还有一些说法，和女人有关，内容肮脏颓废，不好表述。和许多上了年纪的人交谈过以后，我认为，老市长父亲的死，的确是一个秘密。老市长第二天醒来要爸爸，妈妈就说，不哭，爸爸到天堂去了，几天后就会回来的。又过几天后，老市长哭着要爸爸，妈妈就说，不要急，爸爸好几个月以后才能回来。老市长说，妈妈，天堂是什么地方？妈妈说，有好多漂亮的花朵，好多漂亮的地毯，那些地毯会飞，可以坐在飞毯上上天，摘许多星星回来。几个月以后，爸爸还是没有回来。老市长又哭，妈妈说，不哭，乖孩子，我也在想爸爸了，天堂在很远很远的地方，没有几年的时间，是回不来的。等吧，你长大了，进学校读书了，爸爸就从天堂回来了。

老市长七岁的时候，妈妈把他送到了学校。有一个叫艾山的同学，和他很要好，放学的时候，经常带他到自己家玩。长大后，艾山在粮食局工作，在粮食困难时期，对老市长帮助很大。平时，也经常给他秘密地解决酒票，主要是他们的脾性能炒在一起。那天，老市长到艾山家玩的时候，问他，朋友，你知道那个叫天堂的地方在哪里吗？艾山说，知道，奶奶给我讲过，在太阳落山的方向。你要去吗？奶奶说，那地方可远了。老市长说，我想去找我的爸爸。艾山说，走，咱们到我奶奶那里问一下，天堂有多远。艾山的奶奶在葡萄架下的板床上，正在做针线活儿，艾山领着老市长，来到葡萄架下，说，奶奶，天堂多远？艾山的奶奶笑着说，好远好远。艾山说，我的朋友马力克想去天堂找他的爸爸，一天能走到吗？奶奶放下手里的活儿，把老市长拉过来，用温暖的手擦了擦他的前额，把他抱在怀里，在他的前额上亲了一口，说，你是一个多么懂事的好孩子啊，好好读书，和艾山好好交朋友，但是你现在不能去天堂找你爸爸，天堂太远了，比天还远。你先好好读书，长大了，你就会坐上飞机，到天堂找你爸爸了。老市长看着艾山的奶奶，伤心地说，我太想爸爸了，人家都有爸爸，也不到天堂里去，就我的爸爸去了不回来。艾山的奶奶眼睛一热，流泪了。后来，一直到中学毕业，都是艾山的奶奶关心他，她要艾山平时除外，过年过节，都要把老市长请来，给他做好吃的，抚慰他忧伤的心灵。特别是老市长在暑假的时候独自一人出走后，艾山的奶奶找到老市长的家，和他母亲长谈，想办法一起关心老市长。

暑假的第一个礼拜，老市长在书包里准备了两个馕。一个是给自己吃的，一个是给爸爸吃的，背着妈妈，偷偷地出门了。自从艾山告诉他天堂在太阳落山的方向以后，他心里一直在谋划着有一天出去，把爸爸找回来的事情。他非常严肃地、虔诚地出门了，他要通过自己的努力，让妈妈高兴一下，是他把爸爸找回来的。为了看清太阳落山的方向，他是下午出门的。他从巷子里出来，朝左拐，上了大路，看着太阳落山的方向，开始赶路了。走了一个小时后，累了，漫步来到路边，下到渠沟里，再爬出来，靠在白杨树上，长长地喘了一口气，开始休息了。路上行人不多，偶尔有拉煤的马车和拉麦草的毛驴车经过，老市长的注意力一直在天上。出门的时候，他就想好了，如果天黑了走不到天堂，他就在路边的渠沟里睡一天，第二天继续往前走，向大人问路，一定要找到爸爸。

老市长站起来，小心地迈过渠沟，继续赶路。走了好长时间以后，又累了，坐下休息了一会儿。他感到饿了，吃了一块馕，站起来又继续赶路了。黄昏的时候，他来到了一条河边，前面没有路了。他有点怕了，一个人睡在河边，晚上狼来了怎么办？他靠在河边的白杨树上，看着无声地流向太阳落山方向的河水，想，如果有船，我坐在船里，和水一起走，一定能走到天堂。他这样想着，靠在白杨树上，睡着了。他不知道过了多长时间，醒来的时候，睡在了一位老大爷的怀里，大爷给他盖上了自己的大衣。老大爷说，孩子，醒了，你怎么一个人睡在这里了？老市长说，我要到天堂找我爸爸。老大爷停了一会儿，说，你们家的人知道你去天堂的事吗？老市长说，不知道，妈妈不让我去，说长大了才能找到爸爸。老大爷说，哦，是这样，你妈妈说得对呀，孩子是找不到天堂的，你长大了，到了我这样大的年龄，有白胡子了，你才能找到天堂。你上学了吗？老市长说，上了，一年级。老大爷说，这多好，上学的孩子都是好孩子，是听话的孩子，你应该告诉你妈妈，这会儿，妈妈可能正在找你呢。找不到你，你妈妈哭了，怎么办？老市长说，我一定要找到爸爸，明天再走一天，我就能走到太阳落山的那个地方了，就能找到爸爸了。我的同学艾山的奶奶说，天堂就在太阳落山的那个地方。老大爷说，孩子，你们家住在哪里？老市长说，在车马店跟前的巷子里。老大爷说，哪个车马店？老市长说，就是那个巴扎跟前的车马店。老大爷说，好，我知道了，现在已经是半夜了，我明天送你回家吧，等一会儿和我一起回家。这里冷，天亮前都有野狗出没，你不能睡在这里。老市长说，爷爷，你能帮我到天堂去找我爸爸吗？老大爷说，孩子，这事儿，咱们以后再说吧，你长大了，就知道了，那是很远很远的地方，现在回去找你妈妈，你妈妈这会儿都不知道哭成什么了。

后来，也就是老市长十几岁的时候，才知道这个老爷爷叫泰来提老鱼。泰来提老鱼他们家，从爷爷辈开始，就在这条河里捕鱼，爷爷的外号，一代代地留给了他们。后来老市长母亲改嫁，爷爷把他领走了，他在乡下读完了初中和高中。这期间，在他的要求下，爷爷在暑假的时候，曾两次带着他来看过泰来提老鱼，老人还是那样健壮，每天半夜到河边收鱼线，把一条条十多公斤的大鲤鱼，放在毛驴车上，连夜拉到城里西大桥下面的鱼市里出售。白天的时候，他和村里的另几个打鱼人合伙，备好几条小船，在河里用大网拉鱼。在老市长和爷爷去看他的时候，他给老市长讲过鱼的故事，说，那时候，河里挤满了鱼，我们一网下去，都是十多公斤的大鱼，拉不动，拉几网，网就破了。而现在，没有那么多鱼了。现在是人多了，鱼少了，只能往河中央下大鱼钩了。

那天黑夜，泰来提老鱼带着老市长，开始沿着河岸，收他的鱼线。每根鱼线上都是两个鱼钩，两个鱼钩上是两条大鱼，十多根鱼线上的二十多条大鱼，都被装进麻袋里，放在了毛驴车上。老市长跟在泰来提老鱼身边，听他使唤，惊奇地帮泰来提老鱼往麻袋里装鱼。泰来提老鱼收拾完鱼线，就把一车鱼赶到了河边的渔村。这个渔村最早是稻村，现在也是稻子有名，百年前，水性好的汉子们，开始下河捕鱼，后来一部分人开始以捕鱼为生，城里人就开始叫渔村了。泰来提老鱼的家在村子中央，在清真寺的对面。他们赶到村里，走进院子的时候，家狗友好地叫了几声，跑出来，站在了泰来提的身边。

泰来提老鱼领着老市长，走进了屋子。泰来提老鱼的妻子月亮古丽，早已计算好了男人回家的时间，浓香的抓饭，已经做好了。月亮古丽看到老市长，说，哎哎哎，这小天使是哪儿来的？泰来提老鱼说，你没有看明白吗？我这把年纪了，这不是把外面的娃娃领回来了吗？月亮古丽说，真主给你十个头，你也不敢啊。泰来提老鱼说，我现在变了，每天吃一个鱼头，胆子大了。月亮古丽说，你就是每天吃十条虎肉，也不敢往家里领半个母苍蝇啊。泰来提老鱼说，你生下来就眼睛小，吝啬鬼一个，这辈子，我把你养得这么肥美，不允许我犯点错误吗？月亮古丽说，你年轻的时候耷拉不起来，老了骚什么情呀你。不要糊弄我了，这个小宝贝是什么情况？泰来提老鱼说，我捡的，名字叫马力克。我想好了，留下来，咱们自己收养，你看怎么样？月亮古丽说，你又糊弄我了，这孩子是你爷爷给你留下的流浪狗吗？到底怎么回事儿？泰来提老鱼把情况说了一遍，说，吃完早饭，进城卖完鱼，我把孩子交给他妈妈。月亮古丽走过来，摸了摸老市长的头，在他清凉的脸上亲了一口，说，多漂亮的孩子啊，真可怜，给他妈妈送几条鱼吧。泰来提老鱼说，准备好了，有一条十多公斤的青黄鱼，一会儿给带过去。月亮古丽说，给女人送东西的事情，你可是麻利着呢。泰来提老鱼说，男人嘛，不会送，女人怎么上钩呢。要是昨天晚上的鱼饵不好，黎明会有那么多的母鱼上钩吗？月亮古丽说，都是让公鱼们赶出了窝儿的骚鱼吧。泰来提老鱼说，有可能，只是没有看见它们的丑态，才感到那么漂亮。再说了，当年不是那枚戒指，把你拴在我的裤腰带上的吗？

那天，老市长和泰来提老鱼一起吃过抓饭，睡了一个多小时，就和泰来提老鱼进城了。他们在西大桥鱼市把一毛驴车鱼批发了以后，来到了老市长的家里。进屋的时候，只有姨妈在，姨妈抱住老市长，哭了起来，说，你妈妈昨天晚上就出去找你了，一夜没有回来，你是怎么回事儿啊，孩子，我们都快疯了。泰来提老鱼把事情讲了一遍，临走前，说，看好孩子，给孩子讲清楚，小孩子是不能去天堂找人的，长大了，就知道天堂在哪里了，现在要好好读书，好好听话。老市长的姨妈说，千万颗红心感谢您，大叔，千万次感谢您。泰来提老鱼把准备好的那条青黄鱼留给了老市长，说，让妈妈回来给你做鱼，快快长大，长大了，你就会知道天堂在哪里了。

老市长后来回忆说，那天，姨妈派人找我妈妈去了。妈妈晚上才回来，见到我，抱着我嚎哭，我很害怕，以前没有见过妈妈这样伤心。妈妈说，孩子，你这是干什么，去天堂找爸爸，你要告诉我呀，我们应该一起去呀。如果我找不到你，我还怎么活呀。

这件事，老市长的爷爷是三天后才知道的。他从村里赶过来，抱着老市长，把脸贴在老市长的脸上，颤抖着，哭着抬不起头来。晚上吃完晚饭，爷爷给他讲故事，讲了木马的故事，小箱子的故事，两条狗的故事。最后，爷爷把他抱到怀里，说，孩子，今后记住，无论什么时候想起天堂，你就来找我，到村里去，我就是你的天堂，我们全家人是你的天堂，我们全村是你的天堂。老市长说，爷爷，我知道了，我再也不去找天堂了。

老市长长大成人的时候，一切都明白了。往事，自己的成长，心灵精神的空虚日夜和岁岁年年的学费，帮助他成长，逐渐地看清了善良人生看不见抓不住的残酷一面。在那些猜测父亲形象的长夜，哭的时候，只有眼泪，没有声音，他不想把自己的痛苦，泼在亲人们的灵魂上，自我安慰，用伟大的天堂爷爷灌输给他的名言安慰自己：真主会让我们赶不上，但不会让我们饿着肚子。他长大了，懂事了，在妈妈和爷爷的教育下，学会了享用一生的自强自立，还有妈妈教育他的道理：求人不如求自己的双手。

我还在木斯市任上的时候，有一次带着老市长喜欢的伊力大老窖去看他，老市长很高兴，说，工作的时候，我是严格要求自己的，退休后，朋友兄弟们送来的酒呀馕呀凉菜呀牙签呀之类的东西，我都收了，这好像不犯错误，因为我有一个坏毛病，喝人家的酒，不醉。老市长接着说，今天咱们这个话题好，你每次来，总是要我谈这些方面的情况，我是一个非常普通的人，不值得你这样麻烦自己，我是一个太平凡的人，常常是吃了人家的，喝了人家的，还不知道伺候我的人是谁。为什么？少年时代，青年时代，结婚有了孩子以后的一段时间里，我的灵魂是空空的，什么也没有。在那些年代，当我看到同学们的爸爸来接他们，看到朋友们的爸爸抚爱他们，给他们买衣服，带他们出去玩，给他们操办婚事，我的精神支架和平衡杆就开始飘悬，我就没有方向，最痛苦的是这种感觉还不能向朋友亲人说。我总是强迫自己振作起来，天下的人们，不全是在爸爸的精神链条和爷爷的天堂里长大的，不幸是人间亘古的一个习惯，但是我为了接受适应这个习惯，的确是付出了惨痛的精神代价。

老市长大学毕业参加工作的第一年，泰来提老鱼用完了在这个人世的份额，到温暖的土壤里找亲人去了。一周以后，老市长才听到这个消息，他接上爷爷，到河边的渔村，看月亮古丽大妈去了。月亮古丽大妈说，谢谢你，孩子，你大爷还常常说起你呢，说你是一个灵敏的孩子，将来一定会有出息的。老市长说，愿爷爷安息的地方就是天堂了，是我一生寻找的那个天堂。在邻居孩子库尔班的带领下，他们来到村墓，坐下来，悼念泰来提老鱼。坐在荒凉的墓地上，可以看见河水静流日落方向的绚丽，爷爷开始念经，祈祷泰来提的灵魂安息大地。爷爷忧伤的经声在坟地里飘荡，老市长想起了当年的那个夜晚，泰来提老鱼叫醒他，把他带回家，吃好睡好，把他送回家的经历。长大以后，他多次想过，如果那天不是泰来提爷爷发现了自己，半夜里一定会被狼或是野狗吃掉的，那后果，不可想象。爷爷也给他讲过这事，一个人死了，永远闭上眼睛了，不幸的是他的亲人们，这才是我们一生的悲伤。

那天，回家的路上，爷爷对老市长说，你现在长大了，读书，有了学问，我们很高兴。为什么你有了学问我们高兴呢？一个有学问的人，他会闹明白从前是怎么回事儿，现在的人们应该怎样生活，将来的生活会是怎样的，就考虑自己的子嗣应该怎样适应未来。这些事情，都需要学问。学问，是温暖自己的事情，不是写许多书，做巴希力克[①]炫耀自己，在众人集聚的地方说教，而是给自己挣饭吃的手艺，有了学问以后，家里的锅、柴火、米油、茶盐、勺子，都会团结在一起，为主人贡献自己。这才是学问的秘密。当你自己好了，你就会同情那些没有锅，没有茶盐的人。学问会在你的良心上撒盐，要你出来说话，出来做事，和众多的朋友一起拾柴火，发现柴火。你过得再好，那不是你的生活，因为你搞不懂，是什么东西，使你的生活这样好。是那些看不见的手，在你的背后支撑你，因为他们也需要你的双手。手和手是陌生的，人心不是，眼睛看不见的东西，人心是能看得见的，要搞懂这个秘密。你吃得再好，也不会弄清五谷的秘密，胃是你自己的，大肠排出去的东西也是你的，那些学费，你要吗？许多道理都在这里面。你手里的苹果，是你的，你正在咬嚼浓香的果肉，但是果把子上的籽儿，不是你的，是土地的，这里的秘密是，要弄清楚，你手中的东西，是你的，

① 巴希力克，维吾尔语，意思是领导。

也不是，也可能一会儿是你的，又有一会儿不是你的。河流是谁的？河里的鱼是谁的？风是谁的？雨是谁的？春花和秋叶是谁的？谁抓住了就是谁的吗？河水是永恒的，雨水是亘古的滋润，春花秋叶是古老的诱惑，我们的生命，有那么多时间和它们折腾争宠吗？有的事情，你要站着想，有的事情，要躺着想，有的事情，要在煤油灯下想。有的时候，不要经常在果园里想，到荒野里去闻闻旋风的味道，你会发现死亡。死亡跟在每一个人后面，计算我们的气数。有的死亡跟得近，有的跟得远，因为死亡的脾性不一样，有的死亡外向，急性子，突然跑过来掐脖子，另一些死亡内向，像最后的老牛，慢腾腾地过来，打开账本，不直说，要你自己加减，非常麻烦。当你知道一个叫死亡的残酷和黑暗在等待着每一个生命的时候，你就会懂，一朝有恩，回拜九朝的道理。我们今天来跪拜泰来提先生的亡灵，就是践行这个人性的回报。

泰来提老鱼过世第三年，老市长的爷爷也过完了自己的日子，享年九十岁。那是一个光明的礼拜日，爷爷临走前留下的最后一句话是，告诉可爱的马力克，作为遗产，也就是我要留给他天堂爸爸的财产，是二百亩旱田和一百头牛以及二百只羊，遗书里已经写好了，也给了清真寺的阿訇一份。你们告诉他，我永远是他的天堂。

老市长连夜赶到了村子，大哭一场，怀念爷爷一生的养育和精神培养。邻村的汉子们，都参加了爷爷的葬礼。村墓在山坡上的林子里，是古老的榆树林。树林以西，是茫茫的旱田，在漫长的历史年代，各个村落的壮士们，开垦旱田，收获纯天然小麦，延续生命。青年人扛着灵柩，爬过小坡，来到了树林里。爷爷家族墓位在榆树林中央地带，丧葬人士早已做好了准备，人们从灵柩里抱出爷爷九十岁的生命，缓慢地放进了坑穴，备好的大号土块，通过忠诚虔敬的手们心们，堵住了坑穴口，把爷爷九十个春秋的生命欢乐，精神体验和追求，物质追求和生活态度，都装进了小小的坑穴宇宙。许多坎土曼[①] 和铁锹，开始埋葬爷爷在尘世的记忆和形象。他的灵魂出现在了墓地上空，看着那些忧伤的坎土曼和铁锹，说，朋友们，悠着点，爷爷的生命去了，我还在，不要让他听见悲壮的声音，我答应过他，我们要笑着送他走。一把坎土曼说，是的，我们没有忧伤，爷爷仍旧活在我们心里。

墓土堆起来以后，众人坐在地上，开始倾听阿訇的祈祷。洪亮的经声响起来了，已经枯萎了的树干和那些茂盛向荣的新枝，都竖起了耳朵，开始聆听亘古的安慰，漂亮的绿叶，在微风的吹拂下，向远方的村落和人群，传播爷爷的死讯，向旋在异乡出不来的早年的风，送去了爷爷在

---

① 坎土曼，维吾尔语，一种农具的名称，用于挖土。

那些年代的歌声和豪迈，送去了人人的死亡都在角落窥视他们的秘密。

送葬的人群逐渐地散去了。有的鞋，大步向前走，急切地谋算下一个心事，它们的眼睛看到了死亡，是几米白布卷裹的一具僵尸；只是心没有看到死亡，因而看不见悬在墓地上空的这个时间，启示它们的东西。另一些鞋，走几步，停停，转身，向后看，和那些送过自己亲人的老榆树说话，再走几步，看脚下的土地，和那些亡灵的灵魂对话，安慰它们说，不要寂寞，也快了，我们也会到你们的王国里去，会把人间的事情，讲给你们听的。最后，在坟头，剩下了四个念经的卡里[①]，还有爷爷的五个曾孙。老市长把从家里拿来的地毯铺在了坟头上，他们围绕在一起，默默地为爷爷祈祷，倾听卡里诵经。

傍晚的时候，老市长把带来的金黄苞谷撒在了爷爷的坟堆上。远处，闻到苞谷味的鸽子们，飞过来了，它们从诵经声中，明白又有一生灵告别了人世，它们在坟堆上啄苞谷，小声地鸣唱，祈祷生灵的肉体和灵魂，与温暖大地平衍为一体。鸽子们飞走了，卡里们在轮流诵经。夜的月亮似乎只在照亮爷爷的坟堆，在地毯上诵经的生灵们，虔诚地闭着眼，回忆爷爷的形象和他的善良。爷爷曾经给那

① 卡里，宗教人士。

些卡里说过，人世间，人是一种任务，日子过完了，留给子嗣，要到土地里去，把你站着的那个地方，睡着的那个床铺，让给新的生命，延续香火。就我们自己来讲，我们的价值是两个部分，一是财富，二是善良，没有这两样东西，一个人的灵魂是荡漾不起来的。

村子已经入睡了，只有墓地的煤油灯在燃烧，在寂静的墓地，照亮爷爷的从前，还有那些神秘迷人的故事。老市长不会忘记，自从自己和爷爷一起生活以后，在那些无数夜晚，在煤油灯下，听爷爷讲自己的从前，讲村里的故事。煤油灯燃烧着，像大地的灯塔，象征温暖的生命和未来的希望。

星星下的长夜，在诵经声中缓慢地消失了。黎明从村头那片白杨树的后面，缓慢地照耀村庄，渐渐地照亮了亲切温暖的墓地，沉睡的榆树睁开了眼睛。邻村走食的鸽子们飞过来了，落在爷爷的坟头上，啄食那些亲切的苞谷，享受日光的沐浴。

运载老市长灵柩的卡车，来到了农贸市场上面的公墓，是一个荒凉的高坡，几百年以来都没有水，不能种树。墓地里有点乱，人多，大车小车遍地都是，人行道也让那些好车和可怜的车占了。人们挤挤撞撞的，找能放脚的地方，极力挤过去，肚子屁股撞了人了，也顾不上了。

马赫穆提说，公墓里已经没有墓地了，通过熟人，给解决了路边的一处老墓。所谓的老墓，是多年没见墓主上坟，也没有墓碑，是那种老式的墓堆，几代人以后，那块作为记号的石块或是几个砖块找不到以后，就没有人怀念这墓了，有可能墓主走异乡讨生活了，就成无主墓了。这样，管理墓地的人，就可以做主，派给他人了。从前，民间不习惯立墓碑，内心里期盼坟头与土地平衍为一线，让尸体渗进土壤里，获得永生。

马赫穆提的朋友多，汉子们手接手，把老市长的尸体送进了墓穴。帮忙的朋友们围在墓坑边，开始往墓坑填土。外围的中年人和老年人，坐在地上，几个一组，念悼着老市长的善和献给他人的好处。一汉子说，死亡这个事情，人人跑不了，有的人吃好喝好了，牙齿没有了，最后安然地死了，这是好死。有的人一生的几朵花儿的一朵半朵还没有开完，就离开了这个人世，凄惨。都是真主的旨意。死亡不管大小，统统往里收。现在看来，活着，就是要帮别人做好事，能留下的，也就这个东西了。你看马力克奶茶，死得多风光，半个城市的人都来了。这墓地，活人比死人还多。这就是幸福。幸福不是活着的时候，而是死了的时候，多少人给你面子，那叫永生。

许多坎土曼和许多麻利的铁锹，在许多坚强和挚爱的手里，开始填埋墓坑。候鸟在墓地上空盘旋，它们从送葬的人数中，可以料想死者是一个有脸面的人，是一个活完了自己时间的人，是一个咀嚼记忆创造了自己的记忆之人。不会说话的候鸟，比会说话的人还要懂得多。年轻的手们，握住坎土曼把子，往墓坑扔土的时候，那些中年人，还有上了年纪的老汉子们，深情地慢步走来，拍拍在热劲上干活儿的小伙子们的肩膀，说，换一下，我扔几坎土曼土，给我。他们接过忠诚的坎土曼，挖一坎土曼热土，往墓坑里扔，寄托自己的哀思。在那些众多手的手心里，忠诚劳作的坎土曼把子和铁锹把子，在这个永恒的日子里，留在了自己深刻的记忆里。那没有机会劳作的心们，脚们，眼睛们，在这个悲哀的日子里，留下了自己的悲伤和眼泪。

根据街区长老们的建议，头三和头七日的乃孜尔合在一起，头七日举办。马赫穆提同意，朋友们帮他做好了准备。乃孜尔在老市长宅院里举行。黎明前，三大锅抓饭做好了，天还没有亮，客人们就从清真寺的方向来了，老人们被安排在廊檐下面的正屋里了，青年人在院子里的桌子上吃，一拨儿一拨儿客人，真正到了中午才走完。中午以后，是待女客，帮助待客的女友们，前前后后，也忙到了太阳落山的时候。我和卡马力硬汉，在院子东北角搭建的临时厨房里吃抓饭的时候，瞧见了从大门走进来的巴努姆和米娜娃儿。卡马力硬汉说，你看那个巴努姆，不像个六十多岁的女人。我说，有福气的女人，脸上看不出年龄。此时，我想起了那个神秘的密码箱，很想知道里面的东西。

在老市长的四十天乃孜尔过完后的一个周末，他的长子马赫穆提来了，说，妈妈说，有时间的时候，请你到我们家去一趟。我没有问是什么事情，第二天下午，我给马赫穆提打了个招呼，去见了茹贤古丽大妈。

马赫穆提把我请进客厅的时候，茹贤古丽大妈从单人沙发上站起来，说，您好，您请坐。我问候过大妈以后，坐在正面的双人沙发上了。马赫穆提给我倒了一杯茶水，出去了。屋子里的气氛，有点不对，我看了一眼大妈，在她的前额上，弥漫着一种痛苦和怒气。大妈说，有点事，我就直说了，这事，三天了，开始，想自己把它吞了算了，但是不行，晚上睡不着觉，不说出来，以后就不会说话了。好在，您是娃爸的挚友，他生前也是很欣赏您，说您是这个年龄的人中罕见的君子。我是说，您是自家人，就不怕出丑。三天前，我收到了一个信封，说是一个中年人送来的。打开看，在一块白丝绸里，裹着一张银行卡和一张宅院地契，一张纸条上，写明了卡号的密码，别的，什么也没有说。当时，是我小女儿在大门前收的，说是一个高大魁梧的汉子送来的，她没有见过那个人。第二天，我到工商银行去查看了一下，开户人是娃爸，账上共有二十万元。我按宅院地契的地址，找到了那个院子，在六星街，很美的一个小别墅，五百多平米，我进去看了，装修得很华丽。院子后面是凉亭和果园，有个七八分地的样子，是一个温馨的好地方。租住的汉子塔伊尔江说，他已经在这个院子住了十年了，是和娃爸定的合同。临走的时候，他让我看了他们当年定的出租合同，就这么个情况。您和娃爸是肝脏朋友，这个宅院的事情，您知道吗？

听到这里，我心里已经有点怀疑了，但是我没有证据，就是有了证据，这事也是不能说的。我说，嗨，您看这个事情，我没有想到啊，这是怎么回事儿了？这和老市长有关系吗？大妈说，瞧您说的，显然是有关系的呀！这卡和地契都是在他名下的呀！我说，这东西怎么会在别人手里呢？送东西的人，又不露面，好像是有鬼。大妈说，这鬼深了。我想，娃他爸，会不会在外面有女人呢？这些东西，他留给了那个女人，那女人不好吞噬，就退回来了？我说，大妈，这不可能啊，老市长这个人，比公家的面粉还干净啊，不可能。大妈说，天哪，生命结束的时候，他给我来了这么一个难堪。这一生，我怎么没有看出来，他在外面还有一心呢？重要的是，那张银行卡和地契，变成毒针，在刺我的肉和心呀，太残酷了。却原来，他是这么个孽障啊。您说，我现在怎么办？我说，这个事情，不能嚷嚷，要悄悄地了解情况。老市长朋友多，我找人探听一下，会有个结果的，你要保重，身体要紧，银子叶子之类的东西，最后就一阵风，谁也抓不住。马赫穆提知道这事儿吗？大妈说，知道，我给他讲了。除了儿女，我还有什么呢？我说，大妈，钱是好东西，宅院也是好东西，你都收好，无论谁有问题，这些东西是没有问题的，孩子们需要，孙子们需要，后面的事情，我们一起想办法弄明白。我还有一个意思，这个事情，弄明白了，还是这个事情，也没有多大意思，是个让小人看热闹的事情。常言道，大舅二舅都是他舅，桌子板凳都是木头，内幕，对于我们，作用不大。

大妈说，话是这样讲，但是我心不甘啊！我和娃爸生活了一辈子，最后他给我来这么一下子，我的心是石头长的吗？我要弄清这件事情。我说，也可能，这事和老市长没有关系，或是什么人偷走了这些东西，钱取不出来，宅院卖不掉，就把东西送回来了。大妈昂起头，灵敏地看着我，说，那么，银行卡的密码是怎么回事？那个人怎么会有密码呢？我说，有可能密码和卡号是放在一起的。大妈沉默了。这时，马赫穆提进来了，准备给我倒茶的时候，我说，不用了，马赫穆提，我还有事，明天见吧。我告别大妈，走出了屋子。

马赫穆提送我到院门的时候，我说，大妈都给我讲了，其实这事儿也不复杂，无论谁送来的，东西回来就行了。知道的人多了，闲话就飞扬了，不好。马赫穆提说，只是，妈妈很伤心。我说，老市长走了，那才是大伤心，要稳住大妈。我想，如果这事情和巴努姆有关，那就牛毛炒韭菜了。她应该找我呀，为什么要制造矛盾呢？目的是什么？要传达这样一种意思吗：茹贤古丽，看见了没有，你男人的手脚在你的身上，而他的心在我身上。或者是另有目的？

第二天，我找到了巴努姆，也邀请了米娜娃儿，请她们在一家农家乐吃大葱爆鸡，是城市女人们喜欢吃的那种不放辣子爆炒出来的土鸡。米娜娃儿很高兴，不停地说着一些应该是男人说的荤段子，说到不要脸的地方，不回避，反而细细地渲染。我有点恶心了，但是脸上没有表现出来，这会影响我对巴努姆的观察。和米娜娃儿比，巴努姆吃得很少，我发现她也在秘密地观察我，想知道今天请她们吃饭是什么目的。我从她的眼神里，看出了她内心此刻正在私密地窥视我的心计，想知道我今天究竟要说什么。几场对话下来，加上我几次给她夹菜的过程，我基本上已经看出来了，扰乱茹贤古丽大妈的那些东西，就是巴努姆送去的，就是我给她的那个密码箱里的东西。我也看出来了，如果我把话挑明了，她不会承认这一点，那时候更无聊，大家都尴尬。巴努姆缜密地看了我一眼，似乎要看透我肠子里面的东西。而我从她的眼神里，看到了她内心里漂浮的一种自信，在一些瞬间里，她却显得那样纯粹，那样自豪。

周末的时候，马赫穆提给我打电话，他说中午请我吃风干羊肉，是一个叫萨迪克烤包子的汉子开的。我知道这个地方，老市长曾多次请我在那里吃过饭，喝家子们，都喜欢到那里去消费，垫肚子的东西是小菜面，下酒的东西是甘甜的风干羊肉。

马赫穆提已经在餐馆里等我了。见到我，站起来，给我让座，而后坐在我对面，说，很高兴能和您一起吃饭，我想和您喝上几杯，您是我爸爸的肾脏朋友，和您一起喝酒，是不礼貌的，但是我很想和您喝上几杯，也是那些年您送给我爸爸的伊力老窖。我说，谢谢你，酒肉不分家。酒虽是当年我送给你爸爸的，现在成了你的酒了，那咱就来几杯。马赫穆提要了两份小面，而后要了五斤风干羊肉，一盘萝卜片，一盘花生米，一盘奶疙瘩。吃完面，我们开喝了。我说，风干羊肉多了，吃不完。马赫穆提说，能吃完，一半是骨头，现在的羊，喜欢长骨头了。我笑了。几杯酒以后，马赫穆提的话多了，与平时判若两人。他说，我可以这样说，您哪，是我爸爸的心腹，现在看来，我们不知道的事情，我妈妈不知道的事情，您都知道。我是说，这是您的幸福。我说，你这话是什么意思？你不会是让我荡秋千吧，我以前也玩过这种把戏。一个人，怎么能把另一个人的秘密，比他的亲人看得还清楚呢？你不知道的事情，你妈妈不知道的事情，我知道了，那我成了什么了？马赫穆提说，这就是本事，一个父亲，给自己的亲人不说，给朋友说，就说明这个朋友是非常重要的，有智慧的。我说，你说得过了，智慧这个东西，不是随便可以给人的，智慧是非常稀缺的东西。从你的说法，我就可以知道，你爸爸灵魂里的东西，你还是没有学会。我自愿跟随你爸爸，和他做朋友，向他学习工作经验，做人经验，交友经验，社会经验，黑夜经验，太阳经验和月亮经验，我就知道，一个父亲的秘密，在人性、隐私、诡秘、颓废、丑陋、野心的角度，他不可能留给他的妻子，或是儿女，这里，最好的人选是他的挚友，肝脏朋友，相反，一个母亲的秘密也是这样，她也有属于自己的哲学世界，自古，这是人性道德里的一个弱点，是另一种看不见的学费。话又说回来，企图照亮这个灰暗地带，撕破那片遮羞布，推倒这个耶利哥城墙，暴晒隐私，是一种砸锅的买卖。我们的祖先留下的俗语说，不要让爹窥见娘的丑行。就是这个道理。

马赫穆提说，道理，一般的情况下，都是一种亲切甜蜜的游戏，真正需要的时候，那个罐子里，是找不到东西的。我们收到的那张卡和地契，不光是一个地契和银行卡的问题，我想，在这些东西的背后，一定，不，是绝对地隐藏着一个巨大的秘密，可以肯定，是财富秘密。我的爸爸，曾经是当过市长的人，他一定还有一些我们不知道的财富。您是他的血脉朋友，一定知道一些秘密。我说，我不知道，你的爸爸是一个没有秘密的人，没有什么财富。至于你们收到的银行卡和那个地契，有可能是另一种游戏，这个事情不能张扬，如果某一天，什么人找来，说马力克先生曾经和我借过十万、二十万、一百万，我们是儿子娃娃协定，话说得结实，没有打借条，你怎么办？马赫穆提说，没有借条的债务，苍蝇都不是。我说，不能这样讲，人家买通几个证人，一次比一次硬，你怎么办？他扰乱你，让你们不得安宁，在社会上诅咒你们，那时候就不是一个苍蝇的问题了。不要小看苍蝇，它到处飞，到处嚷嚷，尿你们的名声。我给你一个麦斯来提[①]，把这事放下，如果这个事情正常，后边就什么事情也没有了，如果老市长真的有什么不可见人的秘密，也会流出来，你们自己不要急。马赫穆提说，我不忍心啊，总觉得爸爸还有一笔财富在什么人的手里。我有点恶心了，站起来，谢过马赫穆提，走了。

我找到了那个隐藏年龄的巴努姆，请她在城外的一个农家乐吃饭。她牙齿好，咀嚼羊羔肉的样子，活像个煤矿井下的苦力男人，大嘴吧嗒吧嗒响，洁白的牙齿，摧残漂

① 麦斯来提，维吾尔语，意思是建议，意见。

亮的肉块。我说，你这么喜欢吃肉，为什么要把老市长留给你的那张银行卡和地契退给他的妻子了呢？巴努姆说，听不懂你在说什么，吃肉的时候，最好说笑话，让人高兴。我给你讲一个笑话吧。有一天，一个富婆，来到一家餐厅，还没有坐稳，就翘着嘴唇叫了起来，说，你们这里是什么饭菜呀，怎么没人招呼，什么餐厅嘛！原来，这是个门牙上镶了几颗金牙的富婆，她趁机也炫耀一下她的金牙。吧台的收银员，听明白了富婆肚子里面的意思，把女老板从雅间里叫出来了。女老板听见了刚才的叫嚷声，站在窗户前也看见了富婆的几颗金牙，心里明白了几分。女老板看着富婆，张开嘴叫了起来，说，给您来点什么？要红萝卜还是黑萝卜？富婆瞧见女老板上下满嘴金牙，闭着嘴，小声地说，您这里有馍馍吗？巴努姆笑的时候，我忍不住笑了，她讲得很生动，非常好。我抓起肉盘子，请她吃肉。她选了一块肉，咬了一口，说，一吃上好肉，我就想听笑话，你来一个？我说，男人的笑话，比较脏，不好讲。巴努姆说，你都这个年龄了，还讲脏笑话吗？我笑了，说，不是我，是我的嘴巴。巴努姆说，你管不住你的嘴吗？我说，我这个嘴，常常不听话。巴努姆说，我明白了，你的舌头，不是你自己的。我笑了，说，有的时候，我的心也不是自己的。巴努姆说，哦，你活得好累呀。我送给你一个办法，平时请人吃饭，你不要到这种高级的农家乐来，到农贸市场里去，在那种简易的草棚饭馆里招待客人，你就能保住自己的心。我笑了，说，我同意，你太善良了。我想问一句，你刚才的笑话，和我刚才的问题，有关联吗？巴努姆说，没有，我只是说着开心罢了。我说，老市长委托我，把那个密码箱给你了，这事也就完了，而你，却把这个秘密撕开了。老市长的妻子茹贤古丽，非常伤心。巴努姆说，我听不懂你在说什么。天下这么多人，你认为老市长就和我一个人有秘密吗？我静下来了，巴努姆说的在理，但我还是怀疑银行卡和地契是她叫人送去的。

时间过得很快，又一个春天来了。我们院子里的丁香树也开花了。我喜欢那种紫色的碎花瓣，亲切，像童年的记忆，像奶奶晚年开讲的神话故事，故事套故事，许多精彩的细节，像那些花瓣一样飘舞，在我的血管里滋养我的神经，一生陪伴我，鼓励我的梦想。老市长的妻子茹贤古丽，偶尔也来电话，问候我，请我有时间到家里来做客，不提那个时刻在吞吃她灵魂的银行卡和地契的事，但是从她说话的口气中，我明白，她还是在想那个卡和地契的事情。这个善良本分的女人，还是没有放下。

中间和马赫穆提喝过几次酒，推不掉，勉强假笑着陪他。几杯酒以后，他还是那句话，我爸爸是当过市长的人，一定会有一些财富，我要秘密地弄清那个银行卡和地契的事情，要挖出更多的秘密来。他严肃地、虔诚地、自豪地这样说的时候，我眼角边笑笑，算是很同意他的想法。那次，我给了他一个建议，说，从那个卡里取出一点钱，把爸爸的墓好好修一下，搞一个像样的亭子，刮风下雨的时候，他的灵魂好陪伴他。

得知老市长的墓亭修好以后，我选了一个日子，来到了墓地。在墓地路口，买了一小袋玉米。墓亭修得极好，像那么回事儿，材料是上等的东西。本来，想和马赫穆提一起来，但是受不了他那种一定要找到那个卡和地契秘密的酸决心，就自己一人来了。我正在往墓上撒玉米的时候，一位肥胖的人，走过来了，从穿戴上看，像个念经的卡里。他和我打了个招呼，把夹在怀里的小毯子铺在亭子里，蹲下，开始念经，我也蹲下了，虔诚地把手放在双膝上，倾听他诵经。念完经，卡里站起来，把小毯子卷起来夹在怀里，看着我，坚定地说，您也是这墓的主人吗？我说，我是朋友。卡里说，修这个墓亭的时候，我就反对过，不能这样，人死以后，墓地必须要与土地平衔为一体，让尸体回归土地深处，最后找不到了，那就真正地回归大地了。我没有说话，从身上掏出一百块钱，递给了他。卡里说，我不是冲着你的钱来的，这个墓下葬的第二天，一个汉子给了我一笔钱，要我几天来一次，长久地在这个墓上诵经，我答应了，从那以后，我就隔几天来一次，在这个墓上诵经。我把手里的钱再一次递给了他，说，您收下吧，今天算我的。卡里收下了钱。我说，那是一个什么样的人呢，您问过那人叫什么名字吗？卡里说，没有。我说，年纪大概多大？卡里说，二十来岁吧。我说，个头儿多大？卡里说，和我一样高。嘴巴、鼻子、眼睛、耳朵都健全。

卡里走了。从巷子的方向，飞来了许多鸽子，落在了老市长的墓上。它们小声地唱着，开始游动着啄食的时候，近处传来了诵经声，像是刚才那个卡里的声音。却原来，死亡这个老哥们儿，也是一个出故事派生故事的老爷们儿。